Verlag: BoD · Books on Demand GmbH,

In de Tarpen 42, 22848 Norderstedt,
bod@bod.de

Druck: Libri Plureos GmbH, Friedensallee 273,

22763 Hamburg

ISBN: 978-3-7693-9866-3

Was tut es mir?

als ich mal habe Weniger als sonst

wenn ich mal habe das Alles

und plötzlich das Nichts.

Wenn ich weiß

oder nur gut glaube

Als ich füttere

die nutzenlose Taube

1. Passage

1

Kallias Cavallieri wartete zusammen mit seinem Bruder Alexander Cavallieri, sobald sie die freie Zeit fanden, heute auf einen Zug, der sie nach Prag eskortieren soll. Die beiden dienten zuletzt der Armee, nur jetzt wurde ihnen die freie Zeit vergönnt, um eine solche Reise zu begehen. Das Wetter mitten im Herbst war keine Plage, aber auch nicht wirklich angenehm. So saß Kallias auf der Bank und Alex blieb stehen und schaute mit wiederholten Blicken auf die Anzeigetafel, als sie ihren Zug erwarteten. Alex erwartete nur eines nicht. Auf ihrem Gleis, das fast völlig leer war, lief ein bekanntes Gesicht auf sie zu. „Anna!", rief Alex als sie immer näher zu ihm kam. Alex lief nun hektisch auf sie zu und auch sie wurde immer schneller in ihrem Gang. Je näher sie zueinander kamen, desto stärker wurde ihr Lächeln. Sie trafen sich in der Mitte mit einer eindrucksvollen Umarmung. Er hatte ein wichtiges Stück von ihm selbst kaum zurücklassen können, und jetzt war es auf wundersame Weise wieder zu ihm zurückgekehrt. Sein Glück war unbeschreiblich, er war erfüllt von Erleichterung. „Ich dachte, du wolltest nicht mitkommen", sagte er. "Ich komme doch mit", sagte sie so entschlossen, wie sie es noch nie war. Sie liefen zusammen zu Kallias und für einen kurzen Moment hatte Alex vergessen, dass Anna seinen Bruder noch gar nicht kannte. Sie waren für kurze Zeit in einer unangenehmen Stille allesamt eng beieinander und ganz plötzlich stellte er ihr seinen Bruder vor: "Das ist Kallias mein Bruder." Anna schaute ihn kurz verwundert an und sah dann, wie Kallias seine Zigarette aus dem Mund nahm und ihr seine offene Handfläche reichte, womit er besonders einladend wirkte. "Und du bist?", fragte er sie dabei mit einem selbstbewussten Lächeln. "Anna", antwortete sie, "Meine Freundin", fügte Alex hinzu. "Schön, dich kennenzulernen Anna", sagte Kallias dann höflich noch dazu. "Ihr seid wirklich Brüder?", fragte sie und schaute beide noch einmal kurz an. "Keine Freunde, sondern Brüder?", fragte sie nochmal, um sicherzugehen. Beide nickten sie bejahend an. Beide waren voneinander völlig verschieden. In Aussehen und Benehmen. Kallias hatte braunes dichtes Haar mit olivfarbener Haut. Alex dagegen hatte dunkelblondes Haar, hellere Haut, ozeanblaue Augen. Das Einzige, was sie gemeinsam hatten, waren ihre schlichten und zeitlosen schwarzen Mäntel. Und die Art und Weise, wie sie sprachen. Sie verfügten beide über ein herausragendes Äußeres und immer wenn Kallias lächelte, winkelten sich seine Augen von den äußeren Ecken so an, sodass er für jeden, der ihn dabei ansah, sofort einladend wirkte. Auch Anna war wunderschön. Ihr glänzendes schwarzes Haar sorgte für den bestmöglichen Farbkontrast, um ihre himmelblauen Augen deutlich zum Vorschein zu bringen. "Wie lange noch?", fragte Kallias Alex, der diesmal die Tafel sowohl auch die Zeit ignorierte und andauernd auf Anna schaute. Er bemerkte die Frage seines Bruders erst später. "Fünf Minuten noch", antwortete er hurtig. Sie warteten nun, bis der Zug sie führt. Auf die Reise nach Prag. Um ihre Langeweile herauszufordern. In der Hoffnung auf Neues.

Es näherte sich nun der Zug heran, was man zuerst durch ein leises Grollen, dann durch das metallische Rattern bemerkte, als er sich weiter näherte. Sie warteten auf das berühmte Quietschen des Zuges, wenn er anhielt, und als es passierte starrten sie dem prachtvollen ICE zu, als seine sanft geschwungene Nase an ihnen vorbeifuhr. Es war zu einfach zu vergessen, wie bemerkenswert diese Maschine doch einst gewesen war und es in manchen Augen immer noch ist. Durch die großen Fenster sahen sie die vielen Passagiere an, ohne sich auch eines der Gesichter zu merken. Auch die Passagiere würden aufgrund der Geschwindigkeit nur ein wirres Bild ins Auge bekommen. Als sie einstiegen, begaben sie sich sofort zu den freien Sitzplätzen, ganz hinten aus der ersten Klasse, zu der sie Alex führte.

Als sie auch an der letzten Tür vor der ersten Klasse vorbeiliefen, sah Kallias einen Mann mit einem Kind hektisch auf den Zug laufen. Er presste den Gastwunschknopf so oft wie er nur konnte. Die Tür öffnete sich nicht. Er schaute die beiden an und vermittelte ihnen gestisch, dass die Tür sich nicht öffnen ließ, indem er, mit offenen Armen, mit den Achseln zuckte. Der Mann zeigte ihm den Daumen hoch als Zeichen seiner Dankbarkeit. Kurz bevor Kallias weiterging, sah er wie das Kind eine Tüte aus der Bäckerei seines Onkels hier aus der Bahnhofshalle in der Hand hielt. Kurz davor bat der Onkel auch sie zu einem kurzen Mahl ein. Doch sie schlugen es ihm in Eile ab. Die hellen und kalten Farben mit schwarz blauen Akzenten sorgten für einen modernen und eleganten Eindruck. Die gut gestalteten und geräumigen Innenräume verengten dennoch einige Personen. Ob aufgrund von Allergien, Menschen, stickiger Luft oder einfach nur einem schlechten Tag. Der Mensch ist das Maß aller Dinge, aber er ist verdammt schwer zu messen. Immer als Kallias nicht rauchte, plagten ihn Gedanken, denen er eigentlich immer aus dem Weg ging. Sobald er sich setzte, war ihm sofort langweilig. Diese Langeweile gebar Gedanken und Erinnerungen, die ihn behagten. Peinlich, unnötig, gut, böse. Er wollte nicht nüchtern sein. Anna und Alex schauten wie zwei neugierige Kinder aus dem Fenster. Mit einer interessanten Art von Hoffnung. Als ob sie etwas Neues, etwas Besonderes erwarteten. Außer dem Rauschen und Rattern des Zuges hörte man noch außerhalb ihrer Glaswand ab und zu mal das Weinen von Kleinkindern und die Stimmen von äußerst gesprächigen Menschen. Eine Atmosphäre, die vielen Menschen ein Gefühl der Sicherheit gibt, aber nicht allen. Einzelne Sonnenstrahlen erschienen, ohne dass das Glas sie zerbrach. Es waren die dichten Wolken, dann war das Glas nur ein zartes Band zwischen Welt und Licht. Denen, die es am meisten brauchten, kamen diese genau richtig und sorgten kurz für vieles Glück. Alex schaute nun nicht mehr aus dem Fenster und schaute auch nicht absichtslos durch die Gegend. Er bemerkte das Behagen seines Bruders, seine Langeweile. Es reichte nur eine kleine Veränderung seiner Mimik. Er starrte ihn für kurze Zeit an, bis, dass Kallias reagieren würde. Als Kallias ihn dann bemerkte, schüttelte er fragend den Kopf. "Alles Ok?", fragte Alex ihn. "Ja", antwortete Kallias, als ob es doch selbstverständlich gewesen wäre. Seine Körpersprache sagte Alex aber etwas anderes. Er kannte seinen Bruder schon lange genug, um verstehen zu können, ob und wann auch immer er solch ein Problem hatte. Er verschleiert es zwar gut genug für andere, macht es für seinen Bruder aber nur noch deutlicher. Sie schauten sich für kurze Zeit noch weiter an, dann änderte Alex seine besorgte Gestalt in eine unbekümmerte und beendete somit diese stille Interaktion. Anna schaute den beiden mit großem Interesse zu, schaute dann aber ebenfalls gegen Ende wieder aus dem Fenster-als Zeichen ihrer Unbekümmertheit.

Kallias' Portemonnaie störte ihn schon so lange, dass er sich mit der Zeit daran gewöhnte. Doch jetzt störte es ihn allmählich und es war ihm unmöglich, es weiter zu ignorieren. Ungeschickt zog er es aus seiner Hosentasche heraus. Die vielen Münzen platzten fast aus dem Portemonnaie heraus, und nun kruschelte er gestresst in ihnen herum. Er steckte es dann in eine der Seitentaschen seines eleganten schwarzen Mantels.

3

Es ertönte plötzlich eine kratzige und etwas heisere Stimme aus der hintersten Reihe. "Möchtest du die loswerden?" Anna gab einen kurzen aber deutlich hörbaren Schrecklaut von sich. Alex und Kallias konnten nur einander in Schockstarre ansehen. Anna weckte damit die Aufmerksamkeit vieler Passagiere. Der Schrei einer Frau signalisierte ihnen unmittelbare Gefahr, aber vielleicht nicht halb so schlimm, wie als wenn es der eines Mannes gewesen wäre. Sofort nach diesem Laut schauten sie neugierig in Richtung erste Klasse. Die, die kein offenes Blickfeld zu ihnen hatten, erkundigten sich so, wie man es beim Spiel „Stille Post" tut. Und nun hörten sie das Rauschen der durcheinandergeratenden Frage-und-Antwort-Gespräche und der weiteren, die sich folglich entwickelten. Das Ereignis sorgte für eine freundlichere und wärmere Atmosphäre im Zug. Die Passagiere kamen sich willkürlich näher. Es war der gemeinsame Feind, der zur unvermeidlichen Einigung führte, und nach der Einigung kommt die Trennung.

Kallias schaute rüber zu der hintersten Reihe und sah einen Mann mittleren Alters, vielleicht etwas älter. Gekleidet war er in alten und lumpigen Klamotten und einem großen verdreckten braunen Mantel. Anna bemerkte schon vorhin den Geruch von Alkohol und Urin. Der war aber nicht stark genug, um sich über ihn zu beschweren. Der Mann saß zusammengesunken, wie als würde er sich verstecken, auf seiner Bank und machte kaum Geräusche. "Ja", antwortete ihm Kallias in erfreulichem Ton und schüttete ihm all die Münzen aus seinem Portemonnaie in seine beiden Hände. Der Mann erleuchtete: "Bravo, bravo!"sagte er und lachte herzlich über die vielen Münzen. Kallias setzte sich wieder hin, um über dieses absurde Ereignis zu lächeln.

Eine Weile später klopfte es an ihrer Glaswand. "Herein!", rief Alex sarkastisch. Es war ein deutlich älterer Herr von kleiner Statur und äußerst gut gekleidet. Sofort nach dem Klopfen trat er auch ein, begrüßte die Dreien gleich leicht und dann interessanterweise auch freundlich den Mann aus der hintersten Reihe, als er ihn bemerkte. Er schaute kurz Alex an, bis er seine Aufmerksamkeit erlangte und fragte freundlich mit einem Lächeln "Wieso denn der Schrei eben?" Alex wusste gar nicht, was er sagen soll, der Grund war in unmittelbarer Nähe, hatte Gehör und Gefühle. "Sie hat sich nur kurz erschrocken", antwortete er dann. Der ältere Mann schaute ihn fragend an. "Sag ihm wieso!", sagte der Mann aus der hintersten Reihe plötzlich. Sie waren wieder schockiert. Diesmal weniger, aber dennoch. Der ältere Mann lächelte der überforderten Anna zu und sagte lässig "Ne lass gut sein, alles gut", und ersparte ihnen Unangenehmes. Er verstand sie.

Plötzlich stand der ältere Mann kurze Zeit später wieder auf und lief aus dem Raum. Anna beobachtete ihn und sah, wie er in die Latrine lief. Es war nun für längere Zeit still und der ältere Fremde war noch nicht zurückgekehrt. Kallias stand soeben auch auf. "Wohin?", fragte Anna. "Aufs Klo", antwortete er. "Ach so", reagierte sie erleichtert, als ob sie ahnte, dass er zur Latrine lief und es sie erleichterte, sonst hätte sie auch direkt nach dem alten Mann gefragt. Kallias lief zuerst durch die Blicke der Passagiere und erst dann durch die Tür der Latrine, wo er sofort auch den Mann sah, der fleißig mit einem Tuch an den Armaturen schrubbte. "Hat das jemand angefasst, den sie nicht mochten?", fragte Kallias ihn mit einem Lächeln. "Nein", antwortete der Mann exzentrisch. "Gesellschaftlich engagiert war er jedenfalls nicht", fügte er hinzu. Der unangenehme Geruch von Desinfektionsmittel, von dem der Mann viel zu viel für die Armaturen verwendete, umhüllte den Raum so intensiv, dass Kallias eigentlich sofort wieder den Raum verlassen wollte. Trotz dessen lief er zum Klo, währenddem der Mann immer noch im Raum war. Danach wusch er sich die Hände und auch der Mann tat dasselbe.

Kallias hörte unorthodoxe Geräusche, solche, die er noch nie in einem Zug gehört hatte, schaute den Mann mit intensivem Schock an und hörte konzentriert zu. Der Zug fing an sich zu beschleunigen und nur kurz bevor er sich so explosiv nach vorn bewegte, sodass er die beiden mit Leichtigkeit gegen die Wand schleudern würde, hielten Kallias und der Mann sich an jeweils einem Waschbecken so fest, wie sie nur konnten. Schreie ertönten einzeln und im Chor. Kallias war es gleichgültig, wie schwierig es war, sich jetzt an diesem Waschbecken festzuhalten. Er dachte an Alex und Anna und quälte sich aufgrund seiner Machtlosigkeit. Währenddem er unkontrollierbar grunzte und stöhnte, hasste er sich selbst für diesen Fakt. Das Licht fing an zu flackern, doch es ging nicht aus. Der Mann neben ihm war still und dunkelrot, doch er fiel nicht. Mit einem lauten Schrei zog er den Mann zu sich, mit einer Kraft, die er selbst nicht von sich kannte, und klemmte ihn zwischen beide Waschbecken. Der Mann verlor sein Bewusstsein und plötzlich ging das Licht aus. Der Raum war dunkel, bis sich auch die Tür öffnete. Ein grelles Licht explodierte in seinem Blickfeld. So hell, dass es selbst die Dunkelheit verschlang. Und für einen Moment konnte Kallias keinen klaren Gedanken fassen. Seine Augen brannten und er verspürte einen dumpfen Schmerz an der Stirn. Als er glaubte, die Dunkelheit sei zurückgekehrt und das Licht verblasst, kämpfte er mit jedem Blinzeln dafür, die Augen wieder öffnen zu können. Es brannte wie die Hölle. Seine Finger rutschten langsam vom Waschbecken ab, mit den Füßen stampfte er mühselig, mit letzten Kräften und dem Mann im Arm, den er nicht loslassen konnte, als er ihn in diesem widrigen Zustand sah. Er ließ ihn sanft zu Boden fallen und schaffte es nun, die Augen zu öffnen. Er sah nicht mehr, nicht weniger, nicht Anna, nicht seinen Bruder und plötzlich nichts.

2. Passage

1

Geduldig blieben Anna und Alex geduckt sitzen, bis alles vorbei war. Aneinander und an den vorderen Bänken hatten sie sich fest geklammert, nutzten aber nicht einmal halb so viel Kraft wie arm Kallias. Sobald sie den Kopf hoben, sahen sie die leblosen Körper der verunglückten Menschen. Alex stand auf und lief durch die Reihen zu seinem Bruder. Auf dem Weg sah er ein weiteres junges Paar, auf dieselbe Art und Weise geduckt und verklammert, wie sie es waren. Er lief nun etwas langsamer, so als könnte er der Wahrheit gar nicht mehr näher kommen. Angekommen, schaute er schockiert seinen bewusstlosen Bruder an. Der Fremde war nicht mehr da. Er suchte nach dem Atem seines Bruders und war erleichtert, als er ihn sanft an seiner Hand spürte. Alex sah, wie die Augen seines Bruders zuckten, und näherte sich rasch zu ihm. "Kallias!", "Kallias!", rief er. Kallias öffnete jetzt langsam die Augen, kniff sie aber dann wieder reflexartig zusammen und richtete sich auf. "Was ist denn?", fragte Kallias genervt. "Sind wir schon in Prag?", fragte er dazu. Alex wollte ihn gar nicht aufklären. Stattdessen half er ihm wieder zu Füßen und lief mit ihm durch die Tür. Die Leichen, die zerzausten Haare der Frauen, die verängstigten Menschen, die im Gang herumirrten. Jetzt erinnerte er sich wieder an vieles, aber nicht an alles. Aus den Fenstern sah man nun nicht mehr als eine friedliche, wäldliche Umgebung und plötzlich öffneten sich auch die Türen. Als die Leute bemerkten, dass sie keinen Empfang hatten, begründeten sie es mit dem Wald.

Kallias eilte aus dem Zug und holte gleichzeitig seine Zigarettenschachtel heraus. Alex und Anna folgten ihm und alle anderen verließen ebenfalls den Zug. Vom Zugführer hörte man nichts, aber auch ihn sah man aussteigen. Es war eine Menschenmenge von etwa einem großen Klassenraum. Das Erste, was sie bemerkten, als sie den Zug verließen, waren die extrem altmodischen Schienen und dann der ältere Mann aus der Latrine. "Danke vielmals", sagte der Mann zu Kallias. "Wofür?", fragte ihn Kallias. Der Mann schaute ihn fragend an. "Gedächtnisverlust", klärte Alex den Mann auf. Daraufhin sprach der Mann in höchsten Tönen von Kallias und beeindruckte damit die Zuhörer, einschließlich Kallias. Anna tippte verzweifelt auf ihrem Handy und steckte es letztendlich wieder ein. Es war so, als hätte es überhaupt gar keinen Nutzen mehr. Niemand weinte um die Toten, die Toten hatten wohl niemanden.

Als der Zugführer nach einer Weile wieder in seiner Kabine war und alle Klopfenden abwies, machte er letztendlich eine kurze Durchsage. "Alles einsteigen, wir fahren weiter." Zuerst hörte man die enttäuschten Geräusche der Menschen, die dann aber dennoch wieder einstiegen. Nur der Mann zögerte, als er konzentriert zu einem herannahenden Zug schaute. Der Zug erschien alt zu sein und gab die typischen Geräusche einer Dampflokomotive von sich. Er atmete tief ein und aus, presste die Lippen zusammen und sagte den Dreien dann leise aber streng "Kommen sie, folgen sie mir." Ohne zu lange zu zögern, folgte ihm Kallias in die dichten Bäume. Anna und Alex folgten ihnen daraufhin auch. Diese Situation war absurd genug, es war etwas Normales gewesen, diesem alten Mann blind zu vertrauen. Wie ein Kind seinem Vater, wie die Gläubigen ihrem Herrn. Man hörte ein starkes Bremsen, die zunehmend lauter werdenden Dampfgeräusche, die immer leiser wurden, als sie tiefer in den Wald liefen.

Schon nach den ersten Schritten wurden es immer mehr und mehr Bäume, und die Gleise waren für sie nun undenkbar. Mit den Gleisen verschwand auch ihr Adrenalinspiegel und es tauchten die ersten kritischen Fragen auf. Zumindest in ihren

Köpfen. Doch sie schwiegen und folgten ihm nur leise weiter. Der Wald schien aus den Zugfenstern harmlos, im Moment war er nichts weniger als angsteinflößend. Das Gefühl, ständig beobachtet zu werden, die Geräusche der Tiere, ihr Schmerz. Der Wald ist der Notausgang aus der Zivilisation, bis sie auch in den Wald kam. "Besorg du uns Holz, wir treffen uns dann auf diesem Hügel", befahl der Mann Kallias. Kallias bepflückte den reichen Herbstboden und kehrte mit einer reichlichen Menge an Holz in seiner Jacke gebunden zurück zu den anderen. Die Dunkelheit kroch langsam an und alles, was er den Dreien am lodernden Feuer geben konnte, waren drei Schokoriegel. Eine für jeden. Jetzt wusste er nicht mehr, ob er diesen Menschen das Leben rettete oder es ihnen nahm.

2

Nachdem die Dämmerung nun den totalen Abend angebracht hatte, brachte sie auch die Kälte mit sich. Zu ihrem Glück hatten sie genügend Holz, das ihnen bis zum Morgen ohne Probleme ausreichen würde. Es war Nichts zu vergleichen mit einem gemütlich warmen Haus und dennoch schien es so, als würde es dieser Truppe an nichts fehlen. Sie amüsierten sich und teilten sich eine kleine Flasche Rum, die ihnen der alte Mann anbot. Die Dunkelheit des Waldes umhüllte sie wie vier Wände, und das Feuer war der Raum. Sie sprachen und lachten herzlich über Dinge, die sie nüchtern nicht einmal beachten würden. "Lasst uns schlafen, wir wissen ja nicht einmal, was wir morgen tun werden", sagte Alex etwas später. Kallias schien enttäuscht zu sein, er könnte noch bis morgen früh so weiter machen, doch er zeigte Verständnis. Plötzlich richtete sich der alte Mann, der sich hingelegt hatte, wieder auf. "Ihr wollt also nicht fragen, weshalb ich euch hier hergebracht habe?", fragte der alte Mann. Sie alle schauten ihn neugierig an, stellten aber keine Fragen. "Wir sind zurück in die Zeit gereist", sagte er dann. "Wie kommen sie darauf?", fragte ihn Alex. "Solche Züge gibt es nicht mehr, vor allem nicht mit solchen Zeichen!", sagte der Mann empört. "Was für ein Zeichen?", fragte ihn

Alex. Der Mann schaute ihn mit ausweichenden Augen bedauernd an. "Ich fürchte, wir sind in eine schreckliche Zeit geraten." Von da an waren sie still. Sie wussten alle, wovon er sprach. Der alte Mann lag kurze Zeit später dicht neben dem Feuer, sodass es ihn äußerst warm hielt, aber auch verbrennen könnte, wenn er sich in der Nacht zu stark bewegte. Auch sie legten sich um das Feuer. Das Knistern und Knacken des Feuers wurde immer lauter, und man hörte die feinsten Bewegungen der kleinsten Nager. Sie schliefen, ohne letzte Gedanken, doch der, der am wenigsten trank, schlief zuletzt. Der Trank tröstete sie, er lenkte sie ab und tötete sie zugleich. Erst am Morgen würden sie wirklich um ihre Vergangenheit trauern, doch ihnen war klar, dass sie gestorben waren und doch weiterlebten.

Alex erwachte zusammen mit dem Wald, der ihn wie der fünfte Kamerad weckte, nur hatte er nicht dieselben Kopf- und Rückenschmerzen wie er. Er war wunderschön und beeindruckte Alex. Es lag ein feiner Nebel über den Wiesen, der Boden war kalt und es war so, als ob er schon während des Schlafs halbwegs bemerkte, wie die Sonne in seine Augen stach, doch erst jetzt bemerkte er den nachwirkenden Schmerz. In der Nacht war der Boden nicht so kalt. Das war wohl eine weitere Wirkung des Alkohols, und es war ihm peinlich, dass er von so wenig Alkohol vielleicht einen Kater bekommen hatte. Das Feuer war erloschen, und alle anderen schliefen noch. Er weckte zuerst Anna, indem er sie fest an der Schulter bewegte. Er wollte sie überhaupt nicht wecken, damit sie nicht dasselbe spürt wie er. Der Hunger ließ ihn diese eigentlich milden Plagen deutlich intensiver spüren. Anna öffnete schnell die Augen, schaute Alex zuerst erschrocken an und richtete sich ruckartig auf. Alex musste kurz lächeln. "Schlecht geträumt?", fragte er lächelnd. Sie lächelte nur zurück und sagte nichts. Alex schüttelte nun Kallias an der Schulter, er wachte aber nicht auf. Plötzlich fühlte sich Anna wohl genug, um ihm einen harten Klaps ans Bein zu verpassen, der ihn aufweckte. Er wachte auf dieselbe Art und Weise wie Anna auf, vielleicht etwas mehr erschrocken. "Ich habe so einen Hunger", murmelte Kallias und sprach dabei für jeden. Daraufhin zündete er sich eine Zigarette und schaute in den zauberhaften Morgenwald. Alex weckte zuletzt dann noch den alten Mann, der schon sofort nach der ersten Berührung die Augen öffnete. "Wie heißen Sie denn, eigentlich?", fragte er den Mann und fand erst jetzt die Zeit und die Ruhe dazu. "Heinz", antwortete er. Alex stellte auch sich und die anderen vor. Und so saßen sie wieder, dieses Mal an trockener Asche, zu einem erloschenen Feuer. "Los kommt, wir ziehen weiter!", sagte Heinz und stand auf. "Vielleicht finden wir kurzfristig Unterschlupf", fügte er hinzu, als er ihre verzweifelten Gesichter ansah, um ihr Hoffnungsfeuer zu entfachen. Und als die Sonne etwas höher stand und ihre Mägen etwas leerer waren, marschierten sie los. Weiter in den Wald.

3

Man hörte nun nur ihre Schritte und den Wald. Kallias ließ es weiterhin qualmen wie aus einem Schornstein. Sie waren inzwischen schon für eine Weile gelaufen.

"Stopp", sagte Heinz plötzlich leise. Alle blieben stehen und empfanden diesen Halt als erfrischend, sowohl auch als furchterregend. "Seht ihr das?", fragte er sie. Sie schauten allesamt nach vorne und sahen zwei Männer in der Ferne. Beide in Alltagskleidung. "Alex, geh vor und schau nach, wer sie sind", befahl ihm Heinz. "Was!", platzte es aus Anna heraus. Alex zögerte kurz, während Heinz hoffnungsvoll zu ihm schaute. Dann lief er letztendlich langsam vor. "Wenn sie uns aufnehmen, sagen wir ihnen, dass wir Kriegsflüchtige sind, ist das klar?", sagte Heinz zu den beiden. "Aber wieso sagen wir ihnen nicht gleich die Wahrheit?", sagte Anna, obwohl ihr klar war, dass ihr Vorschlag sofort abgelehnt werden würde. "Ist Moral stärker als Verzweiflung!", sagte ihr Heinz. Kallias beruhigte die etwas überreagierende Anna, auch wenn er selbst diese Aktion als unnötig empfand. Alles, was sie jetzt tun konnten, war hoffnungsvoll und hoffnungslos zu warten.

Alex versteckte sich hinter dem größten Baum, den er finden konnte. Nur den Kopf steckte er ein wenig heraus und suchte nach einem Zeichen. Seine Gedanken bewegten sich nicht mehr vorwärts oder rückwärts im Zeitstrahl. Nach einem letzten Gedanken an seine Freunde, die zurückgeblieben waren, erkannte er nur noch diese eine Situation, erfüllt von Furcht. Das führte zu unzerbrechlicher Konzentration, erfüllt von nichts als Mut und Tatenkraft. Er sah Rucksäcke, Gewehre, ein kleines Zelt und mehrere Schlafsäcke. Es war ein Lager, aber keinesfalls ein Soldatenlager, denn er sah Frauen und Kinder, Männer mit und auch ohne Uniform und wollte jetzt zurück, um seinen Freunden diese gute Nachricht zu überbringen. Aber er zögerte noch kurz. Die Kinder brachten es zum Anschein, als ob sie eine ganz normale Kindheit hätten, der Krieg existierte in ihren Köpfen überhaupt nicht, als sie um die bewaffneten Männer fangen spielten. "Halt", rief eine Frauenstimme ihm von der Seite zu. Alex drehte sich langsam zu seiner Seite und sah eine junge Frau mit ihrem Gewehr direkt auf ihn gerichtet. Das Gewehr schien größer als sie selbst zu sein und dennoch hatte sie etwas Raues an sich. Alex hob langsam die Hände und sie lief langsam immer weiter den Hügel hinunter zu ihm. "Was wollen Sie hier?", befragte sie ihn streng. Diese Situation war ihm völlig fremd, er wusste nicht, was er tun soll, deshalb zögerte er. "Spucken Sie's aus, was wollen Sie hier?", hakte sie nach und richtete ihre Waffe höher auf ihn. "Ich ... Ich ... will ihnen nichts Böses", stieß er nervös aus. "Ich bin hier mit Freunden, wir haben uns verlaufen, ich kann sie herholen, falls sie möchten", bat er ihr an. "Nein, bleiben sie da, wo sie sind, oder ich schieße", drohte sie ihm laut. Plötzlich schaute sie zur Seite und sah die lange, schlanke Statur von Kallias, der wie eine mystische Gestalt rauchend, ruhig auf sie zulief. Hinter ihm dann auch Anna und Heinz. "Würden sie uns nun helfen?", fragte Alex wieder nach. "Kommen sie mit", sagte sie und führte sie zum Lager. Interessanterweise war Alex glücklich darüber, dass er einer bewaffneten Frau begegnete. Auch die Frau nahm sie erst an, kurz nachdem sie Anna ansah.

Sie führte sie zu einem mittelgroßen Mann in Uniform mit einschüchternder Präsenz zusammen mit zwei weiteren Männern, ebenfalls in Uniform. "Herr Kommandant, wir haben Fremde. Ich glaube sie sind

Flüchtlinge." Der Kommandant schaute sie fragend an. "Ach ja, und wovor flüchten sie?", fragte er dann misstrauisch. "Ich will keine Lügen", fügte er streng hinzu. "Wir sind keine ...", fing Alex an zu reden, wurde aber von Heinz unterbrochen. "Wir fliehen von den Deutschen", sagte Heinz. Der Kommandant schaute ihn streng an. "Soldat, sorgen sie dafür, dass ich diesem Mann nie mehr begegnen muss", rief der Kommandant zu einem der Soldaten ohne Uniform zu. "Aber meine Herren, das muss nicht ...", "Ruhe!", unterbrach ihn einer der Soldaten schreiend, als sie ihn zu zweit, weit weg vom Lager brachten. "So nun sagt uns die Wahrheit!", fuhr der Kommandant in Ruhe fort. "Wir haben uns im Wald verlaufen, wir haben seit langem nichts gegessen und wollen nur wieder nachhause", erklärte ihm Alex. "Gut, dann seid ihr herzlich willkommen. Machts euch gemütlich, Greta bereitet euch dann gleich auch etwas zu", versicherte ihnen der Kommandant diesmal in sanftem Ton. Sobald Heinz Verantwortung für die Drei aufnahm, nahm er sie auch für den Knall, der gleich ertönte auf. Ohne dass jemand weiß, ob es ein Wildtier war oder er, der ihm zu Opfer fiel.

Was ihnen aber noch auffiel, war, wie unbekümmert alle anderen zu diesem Befehl reagierten. Als ob es etwas Alltägliches gewesen war. Zuerst setzten sie sich auf den Baumstamm in der Nähe der kochenden Greta und auch die Sonne verließ sie für die Wolken. Ein paar Kinder versammelten sich kurz um Anna und stellten ihr Fragen, ohne über sie nachzudenken, sie spuckten das aus, was ihnen zuerst einfiel. Kinder eben. Sie lachte nur darüber. "Essen ihr neien, kommt schon", rief Greta plötzlich und servierte ihnen Suppe mit ihren kräftigen Vorarmen. Kallias fühlte sich beim Essen jedoch alles andere als wohl. Auch Anna aß so, als wäre sie bewusst über jede einzelne Bewegung ihrer Muskeln und äußerte deshalb ein unorthodoxes Verhalten beim Essen. Sie beide fühlten sich beobachtet und tatsächlich starrten manche sie rücksichtslos an. Alex aß hastig, so als wolle er den verlorenen Hunger aufholen, und beobachtete den Kommandanten, der zusammen mit den beiden anderen

Soldaten etwas auf einer Karte besprach. Kurze Zeit später wurde es auch schon wieder dunkler. Sie hatten viel zu lange, viel zu lange geschlafen und es gar nicht bemerkt. Als der Kommandant sah, dass die Drei fertig gegessen hatten, rief er laut "So alles einpacken, wir ziehen weiter!" Sofort nach diesem Befehl packten alle ihre Schlafsachen in ihre Taschen, das Zelt wurde abgebaut, die Wachen zurückgeholt und den Kindern wurde streng befohlen, sich auf einem Fleck aufzuhalten. Als alles vorbereitet war, ordneten alle sich in zwei Streifen und warteten auf den nächsten Befehl des Kommandanten. Kurz bevor auch sie sich zu dem Streifen fügten, kam einer der Soldaten in Uniform auf sie zu. "Der Kommandant befiehlt, ihr zieht mit uns weiter. Wir verlassen das Lager in Richtung Stadt." Der Soldat schaute sie danach mit hochgezogenen Augenbrauen an und lockerte seine Gesichtsmuskeln, als sie ihm bejahend zunickten.

4

Die Sonne war schon lange nicht mehr wirklich Teil des Tages und in dem raumdichten Wald bemerkte man ihren völligen Abgang fast gar nicht. Ab und zu beklagten sich die Kinder über das ganze Laufen, wurden beruhigt und getragen. Auch die älteren wollten klagen, würden aber nicht verzagen. Ganz vorne und ganz hinten hielt man jeweils eine, nicht allzu stark brennende Fackel, sodass sie die wilden Tiere scheut und die wilden Männer sie nicht bemerkten. "Macht mal ne kurze Rast, aber leise. Lasst die Fackeln weiter brennen, aber nicht zu hoch!", befahl der Kommandant plötzlich. Die Fackeln ersetzten den Mond, der den dichten Wolken nicht gewachsen war. Auch nur mit dem Licht des kleinsten Glühwurms bemerkten sie, dass sie nicht den schönsten Weg in den Wald genutzt hatten. In der Nähe dieses flachen, abgelegenen Tals floss noch ein kleiner Bach in der Nähe, der den Geräuschpegel übertönte, aber nicht so laut, wie sonst zu sein schien, als ob er Rücksicht auf sie nahm. Bevor Kallias wieder über 9 Millionen Dinge dachte, ohne auch eines davon greifen zu können, zückte er noch eine Zigarette und brennte sie an. Die Kinder schliefen. Alle anderen setzten sich und manche liefen zum Bach, um ihre Wasserbehälter zu füllen. Anna und Alex liefen zum Bach, nicht um ihn zu nutzen, nur um ihn zu bestaunen. "Schön, was?", sagte Alex, als sie der Bach in der Mitte voneinander trennte. Sie schaute genervt zu ihm. "Trinkst du von ihm, stirbst du, bleibst du zu lange, wirst du Futter zum Wildtier, er ist alles andere als schön", sagte sie bedauernd. Alex schaute ihr verständnisvoll zu. "Kochst du das Wasser, lebst du länger, gehst du zur richtigen Zeit, wirst du seine Schönheit nie vergessen!", sagte er ihr dann mit einem leichten Lächeln im Gesicht und strich mit der Hand über das rauschende Wasser entgegen, als sie ihm ebenfalls leicht zulächelte. Währenddessen setzte sich Kallias zu einem einsamen Soldaten in Uniform, der besonders erschöpft aussah, aber dennoch eine hochwertige Stärke zum Anschein brachte. "Na, schwere Beine?", fragte ihn Kallias frech. "Du hast leicht sagen, viel schleppst du ja nicht mit dir mit", antwortete er ihm und lächelte in seiner Erschöpfung, was ihn noch stärker erscheinen ließ. "Kallias", sagte Kallias und streckte ihm die Hand aus. "Kurt", sagte der Soldat. "Was ist deine Berufung, Kallias", fragte ihn Kurt, hoch interessiert an seinem Namen. Kallias zögerte einen Moment. "Ich diente der Armee", antwortete er nachgiebig. "Ich auch", sagte Kurt bedauernd und schaute Kallias weiterhin mit demselben Interesse an. "Wie bist du dann hierhergekommen?", fragte ihn Kallias. "Ich konnte all dem nicht mehr tatenlos zusehen, ich wollte lieber sterben oder so viele wie möglich von ihnen zusammen in meinen Tod mitnehmen", sagte Kurt und daraufhin wurden sie ganz still. "Hast du denn keine Angst vor dem Tod?", fragte ihn Kallias besorgt. Kurt lachte wieder in all seiner Erschöpfung und sagte nach einem leichten Zögern "Ich wünschte, das wäre meine einzige Sorge."

Als alle wieder vom Bach zurückgekehrt waren, hoben sie Taschen und Kinder auf und marschierten wieder los. Die Pause dauerte nicht lange, doch binnen dieser Zeit hatten sie sich reichlich erholt und für Konformität gesorgt. Konformität mit ihnen selbst, mit ihren Kameraden. Mit ihnen zogen auch die Wolken weiter und befreiten den Mond, der den sich versteckenden Nagern falsche Hoffnungen gab. Anna wollte keinen Schritt weiter gehen, sie würde am liebsten getragen werden. Ein paar Lacher und Gedanken wären ihr im Moment deshalb gleichgültig gewesen. Aber sie bewunderte auch diese Frauen, die völlig unbeeindruckt losmarschierten, während sie sich nur träge schleppte. Bis jetzt waren sie alle völlig still gewesen. Doch nun lief der Kommandant aus der hintersten Reihe, vor zu den Dreien. "Halt!", musste er nicht sehr laut sagen und alle landeten stockstill auf ihrem letzten Schritt. Das erleichterte sie. Der Kommandant hielt seine Karte in den Händen und nun waren sie auch besorgt. Das war wohl die Trennung. Sie waren alle so sehr in ihrem erschöpften Gang vertieft, dass sie die Haltestelle direkt vor ihrer Nase gar nicht bemerkten. Es war eine kleine Holzhütte und dieselbe große, wild verwachsene Wiese vom Anfang an. Auf der Karte lasen sie ganz oben rechts 1944, doch das überraschte sie nicht. "Der nächste Zug bringt euch wieder in die Stadt, ja?", sagte der Kommandant zu ihnen und wartete auf ein Nicken, das er dann auch letztendlich von ihnen bekam. Kallias lief auf ihn zu und bedankte sich mit einem kurzen "Danke". "Gern geschehen", erwiderte er in stolzer Manier, mit einem leichten Lächeln im Gesicht und plötzlich erschien er einem völlig fremd. "Lebt wohl", sagte Kallias nochmal in die Runde. Alle verblieben still. Plötzlich kam Kurt auf ihn zu. "Passt auf euch auf", sagte er zu Kallias während er ihm fest die Hand drückte. So liefen beide Gruppen fort. Beide eigentlich in dieselbe Richtung, ohne letzte Blicke zueinander, ohne Schmerz, ohne Bindung.

5

Erst jetzt fiel ihnen auf, wie verloren sie doch waren. Heinz ließ es solch einem Gedanken gar nicht erst zu aufkommen. Erst jetzt dachten sie an ihn und trösteten sich selbst mit, "Ich kannte ihn doch gar nicht". Sie setzten sich auf die einzige Bank in der Hütte und bemerkten zuerst die Kriegsposter und dann ein handschriftliches

Zitat. Kallias las es vor: "Wir lieben das nichts, wenn es alles für uns ist!" Es stand groß an der Wand, mit einem sehr deutlichen Ausrufezeichen. "Spricht das nicht für uns alle?", sagte Anna verzaubert. Alex und Kallias schwiegen und beobachteten es nur. Sie alle assoziierten es mit etwas anderem. Die Kunst war ihnen ein Spiegel und führte sie zu ihren tiefsten Gedanken und zu ungesagten Gefühlen, die sie lebendiger machten. Anna entzündete nun alle Gaslampen, sodass der Zug sie nicht übersehen würde.

Nur kurz danach fuhr ein Zug an und sie alle standen sofort auf. Das Rattern der Schienen gebar ihre Hoffnung, das Bild des Zuges veraltete sie, dass er plötzlich einfach an ihnen vorbeifuhr, tötete sie. In Frust setzten sie sich alle sofort wieder hin. Alex dachte über eine Lösung nach, doch so könnte er bis zum Morgen weitermachen und es würde nichts dabei herauskommen. Während Kallias am Gleis seine letzte Zigarette rauchte, waren Anna und Alex schon längst eingeschlafen. Dass Kallias noch wach war, gab ihnen die Sicherheit, dies zu tun. Da saßen sie, Kopf an Kopf gelehnt, als Kallias sich zu ihnen fügte, um alle Qual zu überspringen und am Morgen auf etwas Neues hoffen zu können.

Alex öffnete wieder als erster die Augen, diesmal stach ihn nichts, doch er hörte schon während des Schlafes eine Stimme, zu der er dann letztendlich aufwachte, diesmal verspürte er keine Schmerzen und dennoch fühlte es sich so an, als ob man ihm Leid zufügte. Ein junger Soldat berührte ihn an der Schulter. "Aufwachen, Schlafmütze", sagte er spöttisch. Hinter ihm stand ein weiterer. Sobald Alex auch nur halbwegs zu sich kam, schaute er zu seiner linken und zu seiner rechten, zu Kallias und zu Anna und atmete erleichtert aus. "Die Dame wird ganz sicher auch nicht dein Wecker sein", sagte der mit den äußerst prägnanten Wangenknochen und brachte seinen Kameraden zum Lachen. Da sich diese beiden strikt in Uniform gekleideten Männer so unseriös benahmen, wusste Alex nun nicht, was er zu erwarten hatte. Der andere Soldat weckte jetzt auch Kallias und als Alex sich auch nur leicht bewegte, wachte auch Anna auf und hatte nun einen guten Grund, um in Schock zu starren.

"Guten Morgen", sagte der eine Soldat zu Kallias. "Guten Morgen", erwiderte er unbeeindruckt. "Wo wollt ihr hin?", fragte der eine und nutzte die Macht und Autorität, die ihm seine Uniform verlieh. "Zur Stadt", antwortete ihnen Alex schnell. "Kommst du mal kurz her", sagte der mit den starken Wangenknochen. Alex folgte ihnen aus der Hütte zu einer dunklen Welt, aber der Morgen stand bevor, der Himmel war nun ein viel helleres Blau. "Gehört dieser Mann zu ihnen?", fragte er Alex. "Ja", antwortete er unsicher. "Sie leisten also Staatsfeinden Gesellschaft, ja", sagte der Soldat, lächelte leicht, warf seine weiterhin qualmende Zigarette auf den Boden und wartete auf weitere Worte von Alex. Alex war völlig erschüttert, so etwas wäre ihm in seinen schlimmsten Träumen nicht eingefallen. "Wir nehmen ihn mit und ihr könnt weiter, du und die Dame, klingt das gut?", schlug der Soldat vor. "Nein, nein", platzte es Alex plötzlich heraus. Der Soldat schaute ihn verwirrt an, als er zu Kallias lief. "Ich zahle ihnen für das Leben dieses Mannes, was auch immer sie wollen." Der Soldat schaute seinen Kameraden bedauernd an und lief wieder zu Alex. "200

Mark, 3 Tage, ist das möglich", bot der Soldat ihm an. Wie als hätte er es auswendig gelernt, wie als hätte er so etwas mit Sehnsucht erwartet. "5 Tage", traute sich Alex ohne zu zögern. "Einverstanden, 5 Tage 300 Mark", sagte der Soldat und streckte ihm die Hand aus. Alex dachte gar nicht einmal darüber nach, es ihm abzuschlagen und schüttelte ihm fest die Hand. Der Soldat beschrieb ihm den Weg und als Alex fast sein Handy zückte, um sich Notizen zu machen, steckte er es sofort wieder ein und sagte ihnen, es sei ein Notizheft, als sie verwundert nachfragten. Sie liefen zusammen wieder zurück zu Anna und Kallias. Kallias saß mit dem Kopf zu Boden, den Ellenbogen an den Knien und den Händen wild im Gesicht. Er hatte besser zugehört als die, die das Gespräch führten, und stand jetzt deshalb sofort auf, nickte zu seinem Bruder und umarmte ihn und Anna und war dann gezwungen zu verschwinden, zwischen den Körpern der korrupten Soldaten, gefangen in ihren Uniformen.

"Diese beiden Hurensöhne", fluchte Alex, während er ihnen nachsah, als sie sich immer weiter entfernten, aber seine

Gedanken nicht losließen. Eigentlich fluchte er nicht über den einen oder den anderen Soldaten, sondern über alles und ihn selbst. "Geb mir dein Handy, dein Portemonnaie, geb mir einfach alles", verlangte Alex gestresst von Anna. Sie schaute ihn verwirrt an. "Wieso?", fragte sie ihn naiv. Alex schaute sie streng an. "Das bist nicht mehr du", sagte er. Sie gab ihm alles, wonach er verlangte und sah ihm zu, wie er alles in den einsamsten, dichtesten Plätzen des Waldes entsorgte, bis er wieder einen Zug hörte und schnell zum Gleis zurückgekehrt war. "Was jetzt?", fragte Anna. Alex immer noch frustriert, aber ruhig "Ich weiß es nicht, lass uns erst einmal in der Stadt ankommen." Die Dampflokomotive, die sie nur aus Filmen kannten, war viel größer und viel langsamer als ihre Züge. Der Zug war völlig überfüllt und die beiden quetschten sich weit genug durch, um sich an einem einzelnen Bügel festhalten zu können. Es war sehr laut. Als ob jedes kleinste Geräusch von einem Mikrofon verstärkt wurde. Die Rauchenden verdeutlichten ihnen die Abwesenheit von Kallias und durch die Fenster begrüßte sie nun auch der Morgen mit der Sonne, die ihnen folgte, egal wie schnell der Zug auch fuhr. Alex bemerkte einen alten, leicht zu übersehenen Mann, der sich an nichts festhalten konnte. Fast wäre er gefallen, hätte Alex ihn nicht festgehalten. Ein Junge, der dies beobachtete, stand sofort auf und bot ihm seinen Platz an. Von Weitem hörte man eine Gruppe von Arbeitern besonders deutlich sprechen. "Die Sirenen heulen immer wieder", sagte der eine. "Nicht mehr lang und wir hören sie nochmal", sagte der andere. "Was die Briten mit ihren Bomben anrichten, ist unvorstellbar", sagte ein weiterer. Sie waren einfache Fabrikarbeiter und sprachen so in unmittelbarer Nähe von Soldaten. Furchtlos.

3. Passage

1

Verloren und verloren und verloren war Kallias, als er sich damit beruhigen wollte, dass er seinen Bruder doch einfach anrufen könnte oder seine Eltern. Doch sein Handy war gar nicht mehr bei ihm, er hatte es verloren und wenn, hätte es ihm doch sowieso nichts genützt. Er wusste gar nicht mehr, wie es war, so ohne Handy oder schlimmer, mit dem Wissen, nie mehr eins haben zu können. Diese leeren Umarmungen, es war absurd, er dachte gar nicht mehr, er spürte nur noch die Sehnsucht und marschierte. Zum allerersten Mal hatte er versucht, seine Gedanken abzuwägen. Auf einmal schienen sie zwar nicht mehr so viele zu sein, aber es war so, als versuchte er eine Flut mit Tausenden von kleinen Eimern aufzuhalten. Er hatte keine Zigarette, um vor ihr zu flüchten, und hatte aufgrund des Rauchs, des Nebels nie daran denken können, einen Damm zu bauen. "Die Briten, die Russen, sogar die aus dem Vaterland. Sag Erik, wer soll sich uns noch entgegenstellen, der liebe Gott?", beklagte sich der eine Soldat. "Die Amerikaner sind wohl der größte Feind, sie haben von der Wunderwaffe gehört", sagte Erik mit dem knöchernen Gesicht. "Größer als Gott?", fragte ihn der andere mit einem leichten Grinsen. Erik hob die Augenbrauen und fand zu keinen Worten. Als das Grün anfing zu schimmern und der Morgen seine Präsenz verkündete, stieg sie höher, zusammen mit jedem Schritt des Kallias, als ob sie ihn trösten wollte. Kallias beobachtete nun, wie der eine Soldat eine orangefarbene Zigarettenschachtel zückte. "Bekomme ich auch eine?", fragte Kallias nervös, fast unterwürfig. "Klar", antwortete er nett und gab ihm eine, sogar bevor er sich selbst eine herausnahm. Er hielt ihn gefangen, aber nicht aus böser Überzeugung. Er wollte nur nicht auch selbst mit umkommen. Aber ist das nicht genauso schlimm?

Anna und Alex erlebten in der Zwischenzeit die längste Zugfahrt ihres Lebens. Es war keine sehr lange Strecke, und für die meisten Menschen war es der einfache Weg zur Arbeit, doch für sie war es vergleichenswert mit einer Reise ins Nimmerland in Zeitlupe. Es waren seit den letzten Haltestellen schon einige Menschen ausgestiegen, und doch mussten sie wieder zu dieser unangenehmen Enge aussteigen. Da waren sie. Am langersehnten Dresdener Hauptbahnhof mit ihrer berühmten gläsernen Bogenhalle. Sie gab ihnen eine kurze, vielversprechende Vorschau zur Stadt. Beide waren tot-hungrig. Am liebsten würden sie eine Pause in einem der Geschäfte einlegen, doch ihnen fehlte das Geld, das sie nun dringender benötigten, als sonst schon. Sie setzten sich auf die nächste freie Bank und beobachteten die vielen eilenden Lederkoffer und Beine. "Und, was jetzt?", fragte Anna ihn frech. "Wie wäre es, wenn wir diesen Mann da vorne bestehlen?", sagte Alex frustriert. Anna schwieg, schaute weg von ihm und dachte nach. "Nein, aber wie wäre es, wenn wir ihnen einfach die Wahrheit sagen", sagte sie naiv und schaute wieder hoffnungsvoll zu ihm. Daraufhin wurde Alex deutlich sanfter in seinem Blick, schnappte ihre Wangen und küsste sie auf den Mund. Plötzlich fühlten sie beide, wie sie eine Hand an ihrer Schulter voneinander trennte. Es war eine Nonne. Beide mussten plötzlich unkontrolliert lachen. Die Nonne schaute die beiden streng an. "Ihr solltet anständig sein und eure Zuneigung nur im privaten Rahmen zeigen", sagte sie enttäuscht zu ihnen. "Entschuldigen sie bitte, kommt nicht mehr vor", sagte Alex. Die Nonne nickte, behielt ihre launische Miene und lief fort. Anna fühlte für die Nonne. Wie konnte so ein Leben einen denn nicht verbittern?

Anna schaute Alex voller Aufregung an. "Was? Denkst du, es wird Gott uns nun helfen?", fragte Alex ironisch. "Nein, aber sein Haus", sagte Anna. Plötzlich zog sie Alex von der Bank und sie folgten der Nonne aus der Halle. Die Vorschau, die ihnen die Glashalle bat, war vielversprechend, aber so viel zu versprechen musste doch Lügen sein. Sie liefen hektisch der Nonne hinterher und ließen sich von der klassischen Schönheit des antiken Dresdens verzaubern.

2

Die beiden Soldaten mussten gar nicht anklopfen, als plötzlich eine hübsche junge Frau die Tür öffnete. Sie erwartete die beiden wohl schon, sehnsüchtig. Sie schaute zu Kallias mit einer Art Schock und auch Bewunderung hoch. Sie traten ohne eine Begrüßung ein und hatten Kallias weiterhin fest die Arme verklemmt, obwohl er eigentlich fast blind kooperierte. Sie setzten ihn an den Tisch und legten davor seine

Hände in Handschellen. Kallias verhielt sich dabei ruhig und geduldig und wartete auf dem Sofa. "Hungrig?", fragte die Dame sie und deckte den Tisch. Sie fingen an zu essen, noch bevor sich alle zusammen hingesetzt hatten, ohne ein Gebet. "Waren Menschen damals nicht religiöser?", fragte sich Kallias. Er war nicht hungrig, aber auch fragten sie gar nicht danach, sie waren alle völlig still. Plötzlich schaute ihn der eine an. "Wie ist dein Name?", fragte er Kallias. "Kallias", antwortete er zögernd. "Kallias? Bist du Grieche?", fragte ihn Erik verwirrt. "Halb Italiener, halb Deutsch", antwortete Kallias. "Genau deshalb bist du hier", platzte der andere plötzlich rein. Keiner lachte. Die Dame schaute ihn enttäuscht an. "Ach kommt schon, ich hab's doch nicht schlecht gemeint", versuchte er sie zu beruhigen, machte es aber nur noch schlimmer. "Was auch immer du denkst, hier bist du am sichersten", sagte Erik plötzlich. Kallias nickte nur. Eine kleine abgeschiedene Hütte in der Natur, der Geruch eines warmen Mahls, ein gemütliches Sofa, das er jetzt auch bemerkte, und eine schöne Frau in der Nähe. Vielleicht ging es ihm wirklich besser, als er glaubte. Nur musste er immer wieder an Anna und Alex denken, die mit der Wahrheit rangen, denen er nicht helfen konnte. Diese Art von Kontrolllosigkeit zerbrach ihn förmlich. Die beiden Soldaten liefen kurz aus der Hütte. Erik lief zuerst, als die Dame sie fragte wozu, zuckte der eine nur kurz mit den Achseln und knallte die Tür hinter sich zu.

Als sie beide draußen waren, schaute er sie noch einmal an. Sie war wirklich sehr hübsch. Er zischte kurz, um ihre Aufmerksamkeit zu erlangen. Sie ignorierte ihn. "Willst du mir nicht deinen Namen verraten?", fragte er. "Wozu", kam sie ihm kühl, aber nicht abweisend entgegen. "Einfach so", antwortete er. "Lena", antwortete sie nachgiebig. "Lena", rief er kurz daraufhin. Sie schaute zu ihm. "Kannst du mir vielleicht ne Schachtel Zigaretten besorgen?", fragte er. Plötzlich fing sie an spöttisch zu lachen, und wurde dann leiser, als sie selbst merkte, wie laut sie lachte. "Komm schon, meine deutsche Hälfte will sie", hakte er humorvoll nach. Sie lachte, sagte aber nichts, vor allem weil jetzt auch die beiden Soldaten wieder eintraten. "Wenn du fertig bist, gehen wir", sagte Erik zu ihr. Lena wischte noch einmal schnell den Tisch ab und als die beiden Soldaten wieder draußen waren, kurz bevor sie auch durch die Tür ging, bemerkte Kallias wie sie eine Schachtel in seine Jacke legte und ihm zu grinste. Kurz bevor sie die Tür verschloss, kam Erik noch einmal rein. "Es wird der Jäger bald auch kommen, sag ihm du kämst von mir", sagte er und erschreckte Kallias. Er schloss die Tür fest zu und gab dem Raum wieder seine Dunkelheit zurück. Nachdem sie sich weit genug entfernt hatten, rannte er zu seiner Jacke und holte die Schachtel ungeschickt heraus. Es war eine einfache Holzschachtel, doch auf ihr war Lenas Name in wundervoller Manier eingeschnitzt. So rauchte er auf dem Sofa am offenen Fenster. Um ihn davon abzuhalten, mussten sie seine Hände abhacken, sodass er verblutete.

3

Immer noch verzaubert von der Schönheit dieser Stadt, liefen sie der Nonne weiterhin hinterher. Die gönnte auf dem Weg einem Bettler ein paar Münzen und gab somit den Anschein einer Person, die ständig auf der Suche nach einer guten Tat war. Die Stadt sah irgendwie authentischer aus, anders oder gleich. Auf dem Altmarkt kaufte die Nonne noch kurz ein. Wie bei einem Tanz liefen sie mit der Menschenmenge im Kreis herum und hielten Ausschau nach der Nonne. Anna pflückte aus einem der Stände, so unauffällig wie möglich, zwei kleine Äpfel und steckte sie sich in ihren schönen Mantel. Alex hatte nur Augen für die Nonne und bemerkte das gar nicht, bis sie ihn andauernd an der Schulter berührte. Dann nahm er ihn lächelnd an und beide fingen an, ihres zu essen. Irgendwie hatten sie plötzlich Spaß an all dem. Neugierige Blicke auf sie, waren auch in dieser Menschenmenge unvermeidbar. Es waren fremd, sie zu Dresden und Dresden zu ihnen. Und es lag nicht nur an ihrer Kleidung. Alex als auch Anna, ihrem Namen gerecht, trug zeitlose und elegante Kleidung und genoss im Moment ihren Vorteil, obwohl diese beiden auch in Lumpen Aufsehen erregen würden. Sie konnten noch weitere 100 Jahre zurück und sich recht einfach zur Gesellschaft fügen. Kallias brauchte vielleicht nur 16. Sie kamen wieder an dem Stand mit den Äpfeln an und Alex blieb plötzlich stehen. "Was kostet denn ein Apfel?", fragte Alex, obwohl er doch wusste, dass er sich keinen leisten kann. "Mehr als nichts!", antwortete der Verkäufer und lachte unauthentisch, fast schmierig und schaute dabei Anna etwas zu lange an. "Nun was jetzt?", fragte Alex und löste sein Lächeln, das er gar nicht meinte. "4 Mark das Kilo", antwortete der Verkäufer in ernster Miene, der sein dicker Schnauzer maßgeblich beitrug. Damit besorgte sich Alex einen kurzen Einblick in die Wirtschaft dieses Deutschlands.

Plötzlich sah er, wie die Nonne aus der Menge lief, bedankte sich beim Verkäufer, ohne es zu meinen, und sie verließen den Markt. Sie folgten wieder der Nonne, die nun zwei Tüten trug. Der Boden, nass mit Herbstschlamm und Laub. Kutschen und deutlich ärmlich bekleidete Menschen. Und plötzlich begrüßte sie auch ein altes Paar mit dem alten Gruß. Sie grüßten zwanghaft zurück. Sie konnten nicht glauben, wie schnell sie sich an alles gewöhnten, gar fügten. Von Weitem hörten sie ein Kinderlachen und die Nonne lief nun neben einer Haustür. Noch bevor sie sie überqueren konnte, rannte ein Kind im Vollsprint vor ihr vorbei und ließ eine riesige Schlammbombe explodieren, die die Kleidung der Nonne verdreckte. Die Nonne erschrak und das Kind schaute zu ihr in Schockstarre hoch. Die anderen Kinder vergnügten sich nur bei diesem Anblick. "Vergib ihnen Herr", sagte sie laut in ihrem bitteren Selbstgespräch. Alex und Anna fügten sich auch nur zum Chor der lachenden Kinder. In Frust lief die Nonne plötzlich schneller und auch sie beschleunigten ihren Gang nun allmählich. "Das war aber eine ungeduldige Nonne", dachte sich Anna. Was sonst außer der Geduld könnte sie durch so ein disziplinarisches und vom Krieg erschwertes Leben begleiten. Sie kamen nun an einem abgelegenen Kloster an, warteten aber zuerst, bis die Nonne eintrat. Anna lief sofort zur großen Klostertür und Alex setzte sein ganzes Vertrauen nun allein in sie. Kurz nachdem sie geklopft hatte, hörten sie ihre Stimme. "Wer ist da?", fragte die Nonne. "Wir möchten sie etwas fragen, Schwester", sagte Anna. Die Nonne öffnete vorsichtig die Tür. "Ihr schon wieder." Sie zögerte. "Was wollt ihr denn fragen?", fragte die Nonne gar nicht so kühl, wie sie ihnen zuvor erschien. "Wir haben unsere Familien verloren, sind hungrig und wissen nicht mehr wohin. Können sie uns für kurze Zeit helfen?", fragte Anna und versuchte so sehr bemitleidenswert wie nur möglich zu wirken. "Aber natürlich", antwortete die Nonne, "Aber", sagte sie plötzlich. "Ihr müsst euch benehmen", sagte sie. Die beiden bejahten sie, so wie sie es wirklich meinten und traten mit der Erlaubnis der Nonne ins Kloster ein.

4

Die große Eingangshalle und die Kapelle waren leer. Die vielen anderen Nonnen waren wohl in ihren alltäglichen Beschäftigungen vertieft. Die Nonne ging sofort in die Küche und kochte ihnen etwas; sie tat alles so hurtig und hektisch, als ob sie ihnen wirklich helfen wollte, aber noch so viel mehr zu tun hatte. Währenddessen saßen die beiden eng beieinander auf den Bänken der Kapelle und ließen den eindrucksvollen hohen Raum, die wunderschöne Glaskunst und die vielen leeren Reihen ein Teil von ihnen werden. "Vater im Himmel", sprach Alex plötzlich. Anna schaute ihn mit all ihrer Aufmerksamkeit an. "Danke für dieses Kloster, diese Nonne, Anna und ...", zögerte er. "Und bitte schenke mir 500 Mark", scherzte er. "Amen", sagte sie daraufhin. "Amen", sagte er auch. Anna wurde plötzlich total ernst und warf ihm einen scharfen Blick zu. "Glaubst du überhaupt an Gott?", fragte sie ihn. "Nein", antwortete er leise, bedauernd. "Ich auch nicht", sagte sie. Sie schienen beide wirklich traurig über ihre Antworten zu sein. "Ob wir an ihn glauben oder nicht, irgendwie hilft er uns ja doch", sagte sie und schaute ihn mit demselben Hoffnungsfunken in ihren Augen an, so wie sie es immer tat. Der Raum schien nach diesem Gespräch noch leiser geworden zu sein. Dann lächelte sie ihm sanft zu, hielt vorsichtig seine Hand und sprach ein weiteres Gebet. "O Herr, danke für dieses

Kloster, alles gut und schlecht. Gib uns die Kraft, diese schwierigen Zeiten zu bewältigen." Daraufhin umarmte er sie hastig, und ihm kamen die Tränen. Er unterdrückte sie, er wollte niemanden mit seinen bitteren Tränen fluten. Nicht Anna, nicht die, die sie ihm immer trocknete.

"Essen ist fertig", rief die Nonne mit ihrer klangvollen Stimme. Sie liefen zur Küche und setzten sich sofort an den Tisch, als sei eben nichts passiert. Als die Nonne die beiden am Tisch beobachtete und merkte, wie überfordert sie am Tisch wirkten, setzte sie sich zu ihnen und faltete die Hände. Sie machten ihr alles nach und sprachen so erfolgreich das Gebet vor ihrem Essen. Sie aßen in Ruhe fertig, was sie seit langem vermisst hatten. Nach dem Essen schwiegen sie die ganze Zeit über und saßen planlos und absichtslos, leer am Tisch. Alex schaute Anna kurz an, sprang auf einmal von seinem Stuhl auf und lief aus der Küche. "Wohin?", fragte sie ihn gereizt. "Keine Sorge, ich schaue mich nur kurz in der Stadt um", versicherte er ihr. "Ich komme mit", sagte sie aufgeregt. "Nein, bleib du hier!", befahl er ihr streng und öffnete schnell die

Klostertüre. Sie hielt sie offen und fragte ihn nochmal, wieso er das tat. Alex wollte sich aber auf keinen Fall zweimal erklärt haben. "Fräulein, können Sie mir bitte helfen", rief die Nonne in einem Augenblick. "Ja", antwortete Anna und ließ Alex gehen. Für Fremde war er ein einfacher Mann, für Anna ihre einzige und letzte Erinnerung, das Einzige, was sie wirklich besaß.

Alex' Gedanken wanderten wieder zu Kallias, sein Körper dazu unfähig. Wie einsam er sich doch fühlen musste. Wie als wäre er gefangen in einem Raum, völlig schwarz und geräuschlos, wo er nur sich selbst sieht und hört, unsterblich ist und es ihn in den Wahnsinn treibt. Mit einer Art toten Hoffnung, die ihn noch weiter in den Wahnsinn treibt. Alex hatte seine Geliebte, die Dresdener Architektur und noch weitere Menschen bei sich. Gar die Fremden. Und einige von ihnen würden sich genauso fühlen wie Kallias, obwohl sie nicht in demselben Raum sind. Alex merkte sich alle Gassen, alle Straßen, alle Läden und die schönsten Sehenswürdigkeiten, für die er sich sowieso nicht anstrengen musste. Die Grüße konnte er nicht vermeiden. Aber

vielleicht war das etwas Gutes, vielleicht
wirkte er positiv auf diese Menschen.

5

Könnte Kallias auf einmal ausbrechen, hätte
er es trotzdem nicht getan. Auf dem Tisch
lag ein Notizheft. Er beobachtete es in Stille
und überlegte. Ihm fiel so vieles ein. Er
könnte so viel damit tun. Er verhielt sich wie
ein gelangweilter Schulknabe, der plötzlich
mit jedem kleinsten Gegenstand ganz
pragmatisch wurde. Aber seine Hände
waren ihm gebunden und das Einzige,
worauf er nun wartete, war der Jäger, von
dem sie sprachen. Er nahm einen Zug von
seiner Zigarette und hörte nichts mehr,
bemerkte nichts mehr. Volle Konzentration.
Er sah nur, wie plötzlich ein großer, bärtiger
Mann, mittleren Alters, mit einem riesigen
Mantel in den Raum eintrat. Genau so, wie
er sich ihn vorgestellt hatte. Der Jäger blieb
für einen Moment stehen, starrte Kallias an
und schob seinen Arm langsam zurück auf

seine Pistole. "Erik", schrie Kallias auf. "Er hat mich hierher gebracht, Erik", sagte er völlig gereizt. Der Mann lockerte seine Haltung und hängte seinen Mantel auf, und jetzt sah man seine Pistole erst richtig. Er verblieb stumm, setzte sich schwerfällig hin und nahm seine Mütze ab. Kallias rauchte weiter am verbarrikadierten Fenster und sah den Mann gar nicht mehr an. Der Mann holte eine Pfeife heraus und befüllte sie in Ruhe. Ab und zu sah er Kallias an. Es war so, als hätte er keine Seele, völlig schwarze stechende Augen und immer wenn er Kallias ansah, stach er durch seine Augen und schmerzte seiner Seele. Doch irgendwas Freundliches gab es doch an ihm. Irgendetwas, das eher um den Augen lag, statt in ihnen. Wie als ob dahinter mal was war, er aber auf grausame Weise bestohlen wurde. Jäh warf ihm der Jäger seine Pistole zu, Kallias weichte aus und sie landete wie genau gemessen auf seinem Bein. Er legte sie auf den Boden und schob sie ihm wieder zurück. Sie war ungeladen, und nun wusste der Jäger mehr über ihn, als er brauchte, und fing dennoch an zu sprechen. "Name?", fragte er mit seiner heiseren Stimme. "Kallias", antwortete er, diesmal unsicherer als je zuvor. "Griechisch", sagte der Jäger. Kallias war sich unsicher, ob der Jäger ihm eine Frage stellte oder nicht. Dazu bemerkte Kallias, dass er auch noch schielte. "Nein, Italienisch", erklärte ihm Kallias. Die Hütte wurde dunkler, der Abend kam näher. Der Mann schien jemand zu sein, der es bevorzugte, allein gelassen zu werden, aber ein wenig Gesellschaft wie jetzt schien ihm nichts auszumachen. "Sei davvero italiano?", fragte der Jäger unerwartet, abgehakt. "Si, sono davvero", antwortete ihm Kallias. "Wo haben sie Italienisch gelernt?", fragte Kallias. "Waren sie mal in Italien", "Reisen sie viel" bombardierte ihn Kallias mit Fragen, wie als hatte er sein Idol getroffen und sich keine Fragen ersparen wollen. "Ne, ich les nur viel", antwortete ihm der Jäger bescheiden. Eine Weile später holte Kallias ein weiteres Mal Lenas Zigarettenschachtel heraus, und der Jäger hatte sie sofort bemerkt. "Gehört die Lena?", fragte der Jäger neugierig. "Ja", antwortete Kallias ehrlich, aber völlig verunsichert. "Woher wussten sie das?", fragte Kallias. Der Jäger gab zum ersten Mal ein leichtes Lächeln von sich. "Hab ich selbst geschnitzt", antwortete er stolz. Als

Nächstes legte er ein Schachbrett auf den Tisch und freite Kallias die Hände. "Kannst du Schach spielen?", fragte ihn der Jäger. "Vielleicht sogar besser wie sie", forderte ihn Kallias frech heraus. Und nach einer kurzen Essenspause fingen sie sofort an zu spielen.

Alex beobachtete gut die Trümmer, das Schicksal, sein Schicksal. Er lief schnell wieder zum Kloster. Sein Gang wurde immer hastiger, fast unkontrolliert. Er welkte. Er trank nicht genug beim Essen. Es leuchteten nur wenige Laternen, und das brennende Licht hinter den dichten Vorhängen der Häuser war gut genug, um ihn zu diesen kalten, dunklen Straßen zu trösten. Es war wie, als würden die Menschen von der Nacht gejagt werden. Plötzlich verschwanden sie alle in ihren kleinen Häusern. Alex sah einen Mann, der mit zwei Eimern in der Hand und seinem Sohn bei ihm zu ihrem Heim eilte. Als ob diese Menschen nicht gejagt werden, sondern die Nacht sie gewaltig überraschte und das ihre einzige Warnung war. Alex starrte nach vorn. Sah aber nicht die Straßen. Er sah seinen Bruder festgekettet an den

Trümmern, auf die, die rücksichtslosen Flieger ein weiteres Mal einschlugen. Und nun rannte er fast zwischen zwei Gebäuden auf seinem einzigen Weg. Er hörte Hunde, Züge, das Summen der Fabriken, Mutter und Kind, er hörte plötzlich alles. Er krempelte plötzlich seinen linken Ärmel hoch und wurde langsamer. Er hatte seine Uhr im Wald entsorgt. Und nun wurde das Klacken seiner Schuhe immer lauter. Er rannte nun so schnell wie er konnte und sah nichts mehr. Er klopfte hastig an der großen Klostertür und stellte sicher, dass ihm niemand gefolgt war. Anna öffnete die Tür und ohne einen weiteren Schritt fiel er in ihre Arme. Anna nahm ihn verwirrt auf. Sie hatte einen Habit an, sie trug nur nicht auch die Kopfbedeckung. Er hatte es fast nicht bemerkt.

Er ließ sie verwirrt los und trat, ohne es zu hinterfragen ein. Das Kloster war plötzlich in vollem Gange. Die Nonnen liefen hektisch quer durch die Halle und Alex lief leise mit Anna in die Küche. "Ich habe gute Nachrichten", sagte Alex aufgeregt und setzte sich zu ihr hin. Plötzlich kam die Nonne eingelaufen, lächelte und gab ein kurzes "Benehmen" von sich, und sprach es als einen diplomatischen Befehl aus. Als sie wieder allein waren, hielt er ihr die beiden Hände am Tisch und fühlte ihren Ring nicht. "Wo ist er?", fragte Alex frustriert. "Was denn?", fragte Anna verwirrt. "Na was wohl, der Ring!", sagte Alex und bemerkte gar nicht, wie laut er wurde. Anna wirkte zögerlich. "Sie hat ihn", erklärte sie ihm, als würde er es sofort verstehen. "Wer ist sie?", fragte Alex verzweifelt. "Die Nonne", stieß Anna abgehakt aus. "Wieso?", fragte Alex, der Frust nicht zu verbergen und zog sich fast die Haare aus. Anna verhielt sich ruhig. "Sie nahm es als Spende an, sonst dürften wir nicht länger bleiben", erklärte sie ihm. Alex schaute auf den Boden und schwieg. "Diese verdammte Hure", fluchte sie. Etwas zu laut. In ihrem Habit. Plötzlich waren sie beide still. "Ich weiß aber, wo er ist", beruhigte sie ihn. Alex nickte ihr nur zu. Die Nonne kam plötzlich wieder in die Küche. Sie fragte kurz nach ihren Namen, versicherte ihnen, dass sie sie Schwester Elisabeth nennen können und lud sie zur Vesper ein. Beide gaben ihr ihre Zustimmung. "Zum Gebet", hörte man sie dann plötzlich rufen. Als alle sich auf die

Bänke setzten, lief Schwester Elisabeth zum Altar und sprach ein Gedicht: "Schwestern, zu Zeiten von Leid, wo der Dank ist vom höchsten Wert. Zu denen mit offenen Toren zum Schutz vor des dunklen Ritters Schwert. Zwei arme Seelen fand ich heut am Tor. Anna und Alex, sie fliehen empor" sie zögerte kurz "Ladet sie ein zur Andacht, zur Stille. Ich will ihnen helfen, es sei Gottes Wille."

Die Glocken läuteten, man hörte sie nur von Weitem von den anderen Kirchen. So begann die Vesper. Als die vielen Nonnen mit jedem Wort immer lauter und harmonischer wurden, versuchte Anna, sich leicht dem Gesang zu fügen. Alex murmelte nur leise vor sich hin. Dieses Gebet war besonders eindrucksvoll. Sie fühlten sich besser, auch wenn sie nicht wussten, warum. Zum Ende sprach Schwester Elisabeth noch einen Segen aus und die Nonnen zogen sich alle wieder zurück. Alex und Anna waren wieder in der Küche. Anna sah total erschöpft aus. Alex brachte ihr und sich selbst ein Glas Wasser und trank es auf einen Schluck aus. "Die haben mich ackern lassen wie ein hässlicher Hund", klagte sie.

Alex ließ sich etwas einfallen, um die Situation etwas aufzulockern. "Kein Wunder, dass die Alte auf einmal so nett war", sagte er und brachte sie und sich selbst wieder zu einem erleichternden Lachen. Bis zum Abendessen erzählte er ihr noch etwas mehr über die Stadt, über ihre Vergangenheit fiel kein Wort.

Kurz nach dem letzten Gebet, bei dem sie nicht mitmachten, brachten die Nonnen sie zu ihren Zellen. Alex bekam eine freie Zelle ganz für sich allein und Anna teilte sich eine Zelle mit einem sehr jungen Mädchen. Sie hatten einfache Bettsachen auf den Boden gelegt und als das Mädchen Anna sah, sagte sie ihr sofort "nimm du das Bett" und setzte sich auf den kalten Boden. Anna lehnte dies sofort dankend ab. "Der Boden ist in dieser Nacht so unerbittlich, meine Liebe. Du wirst nicht genug Wärme in ihr finden, um eine gute Nacht zu verbringen. Es ist nicht das erste Mal, dass ich auf dem Boden schlafe", sagte das Mädchen. Entzückt von der Art und Weise, wie dieses Mädchen sprach, setzte Anna sich schlussendlich auf das Bett. Das Mädchen starrte sie ununterbrochen an. "Du bist wirklich wunderschön", sagte

sie mit ihrem klugen leichten Lächeln.
"Danke, du bist viel schöner", sagte Anna
bescheiden. "Wie lange bist du schon
hier?", fragte Anna sie. Das Mädchen
schaute sie weiterhin mit einer ständigen
geistigen Präsenz an, und ihre rehartigen
großen Augen machten es Anna schwer, ihr
zu folgen. "Drei Jahre", antwortete sie. "Und
wie alt bist du?", fragte Anna schockiert.
"17", antwortete sie. "Ich bin Waisenkind,
ich bin selbst hergekommen, um den
notleidenden Menschen im Krieg zu helfen",
fügte sie hinzu. "Da kamst du gerade
richtig", sagte ihr Anna und gab ihr ein
warmes Lächeln. Das Mädchen umarmte sie
ganz plötzlich und nach Annas Bitte, teilte
sie das Bett zusammen mit ihr. Sie hob das
zweite Kissen vom Boden auf. Dabei froren
ihr fast die Hände ein. So würden sie, ohne
Platz für eine zweite Bewegung, ihre
wohlverdiente Nachtruhe holen. Sie
wünschten sich eine gute Nacht und das
Mädchen sagte ihr auch noch ihren Namen.
Sophie. Sie nannte nicht ihren
Ordensnamen, und das bemerkte auch
Anna. Und da waren sie, die letzten
Gedanken. Angst und Pläne. Glauben und
Wissen. Zu dem Glauben, zu dem sie

unwillkürlich fand. Von dem sie
unwillkürlich abkam. Und nun sich ihm
fügte, ihn predigte. Kehrte willkürlich
zurück, aus Schmerz.

6

Der Jäger hatte zwei Runden gewonnen,
eine ließ ihn Kallias gewinnen, um zu
vermeiden, dass er ihm gegenüber eine
konkurrenzfähige Einstellung annahm. Das
war die Letzte von den Dreien. Als Sieger
gekrönt, schlief er nun auf dem warmen
Holzboden. Er vertraute Kallias und legte ihn
nicht in Handschellen. Der Jäger verhielt
sich völlig zynisch hinsichtlich seines
eigenen Lebens, die Tür war aber
verschlossen. Kallias lag auf dem Sofa,
rauchte ab und zu am offenen Fenster und
befüllte den Ofen immer wieder mit
frischem Holz. Er glaubte, dass er heute nie
einschlafen würde. Plötzlich hörte er ein
Klopfen am Fenster, das er gerade erst
geschlossen hatte. Allein ein einziger Blick

aus dem Fenster reichte, um zu sehen, wie viel kälter es geworden war, egal wie heiß der Ofen brannte. Aus dem Fenster sah er jetzt etwas und alles fühlte sich lebhafter an. Als sei alles andere nie passiert, vergangen, so einfach wie die Wolken seiner Zigarette. Er sah eine junge Frau, die zuerst ängstlich durch die Gegend schaute. Doch als sie Kallias sah, funkelten ihre Augen und sie lief schnell fort. Es klopfte an der Tür. Kallias begab sich zugleich schnell zum Jäger, durchsuchte ihn jedoch vorsichtig nach seinem Schlüssel. Und mit ihrem letzten Klopfen fand er auch den Schlüssel und öffnete schnell die Tür. Da stand sie, ein völlig fremder Mensch oder der ihm bekannteste. "Ich habe …" Kallias unterbrach sie mit einem Zischen und zeigte ihr den großen, schlafenden Jäger. Ihre etwas zerzausten, goldbraunen Haare erkannte man erst, nachdem sie in die helle Hütte eingetreten war. Ihre Augen erschienen braun, doch leuchteten in der Hütte fast schon hellgrün. Es war der lichterne Raum, der ihre Schönheit auftauchen ließ und ihre Schönheit, die den Raum erleuchtete. Kallias bereitete ihr und sich selbst einen Tee zu, während sie auf dem Sofa wartete. "Machst du mir auch so einen?", hörte man plötzlich den Jäger sagen. Kallias verschüttete fast den Tee, so schnell wie er stoppte. Der Jäger lachte kurz spöttisch. "Willst du mir vielleicht deine Freundin vorstellen?", fragte er. "Ich kenne sie nicht ...", zögerte Kallias. "Aber hätte ich sie nicht hereingelassen, wäre sie wohl erfroren", antwortete er ihm und traute sich viel zu viel. Kallias gab der Dame ihren Tee und setzte sich zu ihr. Der Jäger schaute die beiden nachgiebig an. "Na gut, von mir aus", sagte der Jäger närrisch. Daraufhin legte er sich wieder auf dem harten Boden schlafen, für den abgehärteten Jäger fühlte das sich aber eher wie das Königsbett an. Kallias nahm einen Schluck von seinem noch viel zu heißen Tee. Die Dame schaute ihm mit schmerzverzerrtem Blick zu. "Ist er denn nicht noch zu heiß?", fragte sie ihn. "Ja, ist er", antwortete er unbeeindruckt. "Warum hast du dann aus ihm getrunken?", fragte sie ihn dann, und ihre Lippen, die ständig zu einem Lächeln zuckten, hielten nun eines. "Ich habe es leider erst gemerkt, nachdem ich aus ihm getrunken habe", sagte Kallias und brachte die Dame kurz zum Lachen. Sie zog ihren Mantel aus und plötzlich war er wie vom Blitz getroffen. Und konnte es sich nicht erklären. Es gab so viel zu sagen. Es war besser so.

 "Sind sie Jäger?", fragte sie ihn plötzlich. "Nein, aber er", antwortete er und zeigte auf den Jäger. "Und was machen sie dann hier?", fragte sie ihn. "Er hält mich hier gefangen", antwortete Kallias. Wieder sprach er über den Jäger. Die Dame schaute ihn verwundert an. "Wie meinen sie?", fragte sie wirklich besorgt. "Lange Geschichte", antwortete er. "Ist aber auch unwichtig", fügte er hinzu, um sie zu beruhigen. "Sie machen mir aber nicht wirklich den Eindruck eines Gefangenen", sagte sie. "Warum fliehen sie nicht?", fügte sie interessiert hinzu und grinste ein wenig. "Ich weiß es nicht", sagte Kallias nur und dachte einen Moment nach. "Vielleicht Ehre", sagte er und grinste leicht. Es war für einen Moment still und plötzlich schaute die Dame ganz ernst. "Ich kenne viele ehrenhafte Menschen", sagte sie mit demselben Ausdruck und zögerte. "Und?", fragte er nach. "Alle tot", antwortete sie. Und für einen Moment waren sie beide stumm. "Und du rennst zum Spaß heute im

Wald rum?", fragte er sie, doch sie verblieb in ernster Miene, was ihr einen wichtigen Teil ihrer Schönheit raubte. "Ich komme aus dem Osten, ich wollte nicht auch wie die Ehrenhaften enden", sagte sie und Kallias tauschte seine humorvolle Gestalt gegen eine ernste, einfühlsamere. "Tut mir wirklich sehr Leid", sagte er. Sie nahm ihren ersten Schluck von ihrem weiterhin brennenden Tee und schaute ihn plötzlich achtsamer an. Sie näherte sich ihm, öffnete ihre Arme und schaffte es, ihn mit ihrem Tee in der Hand zu umarmen. Kallias verblieb ernst, ernst und verwundert. Die Wärme ihrer Körper überwältigte die des brandheißen Tees an ihren beiden Rücken. Näherten sie sich zu schnell, ließen sie zu schnell los, wäre die Umarmung nicht kräftig genug, brannten sie. Doch alles war perfekt. Verschmolzen in ihrem Vertrauen, obwohl sie sich doch gar nicht kannten. Kallias rauchte wieder und auch sie fragte nach einem Zug, wollte aber nicht mehr als einen einzigen Zug. Sie tat es ungeschickt und hustete stark und gewöhnte sich daran. Daraufhin nahm sie sich selbst eine. "Ela", sagt sie, "Kallias", entgegnete er ihr. Den verwunderten Blick konnte sie nicht vermeiden und auch sie musste über Kallias Namen aufgeklärt werden. Und auch nach der Erklärung hielt sie ihren Blick an, schaute zum Fenster und grinste leicht. So verloren sie sich im Rausch für eine bessere Welt, so wie es Kallias immer tat. Doch jetzt tat er es weniger, er war nicht mehr gelangweilt. Die wenigen, die er rauchte, waren pures Muskelgedächtnis. Sie war sein Rausch, die Zeit verging schneller. Erst jetzt bemerkte er, wie einsam er war, und das nicht nur in der Hütte. Die Zeit verging schneller und schneller und schneller. Bis sie sie im Schlaf nicht mehr spürten.

Die Morgensonne, die durch die kleineren Lücken des verbarrikadierten Fensters Kallias Augen trafen, weckten ihn in äußerst angenehmer Manier. Sodass er nur seine Augen bewegte, als er wach war. Verengt neben der Dame, frei im Geist, blieb er weiter auf dem Sofa liegen. Plötzlich bewegte sie sich und richtete sich aus ihrer verkrümmten Schlafposition auf, ungleich wie bei Kallias, was ihren schlechten Schlaf kennzeichnete. Kallias schloss sofort die Augen. Ela lief sofort zur Küche, und Kallias beobachtete sie für einen Moment mit fast geschlossenen Augen, die er dann endgültig schloss. Plötzlich wachte er wieder auf und hatte so schlecht geschlafen, dass es seinen vorherigen völlig in den Schatten stellte. Ela bereitete gerade das Frühstück zu Ende und er stand auf. Der Jäger war nirgends zu sehen. "Guten Morgen", begrüßte sie ihn. Er erwiderte und setzte sich zu ihr an den Tisch. Es schien, als wäre es erst sehr früh am Morgen und irgendwie auch nicht. Er hatte vollkommen den Zeitüberblick verloren. Ohne Sorgen für Kleinigkeiten, Unnötigkeiten aus Vergangenheit, Zukunft und sogar Gegenwart schwebte er in der Zeitlosigkeit, in dieser Waldhütte, an diesem Küchentisch, und genoss seinen Morgenkaffee, als der einzige Unterschied zum Schlaf. Plötzlich trat der Jäger durch die Tür. "Gibt's auch was für mich?", fragte er nach. "Klar, setz dich", antwortete ihm Kallias sehr selbstsicher. Ela hatte auch ihm etwas zubereitet. Nach dem Essen zündete er sich noch eine Zigarette, die eifrig von Ela angestarrt wurde. "Hilfst du mir später mit dem Holz?", fragte der Jäger. Kallias gab ihm seine Zustimmung. Er schien etwas angetrunken zu sein. Munterer, ehrlicher. "Und du, wie lang bleibst du noch hier?", richtete er sich an Ela. Sie beachtete ihn gar nicht. "Ach komm, lass sie bleiben, ein wenig Gesellschaft könnte uns doch nicht schaden", versuchte Kallias die Situation aufzulockern. "Lass sie bleiben", "Lass sie bleiben", "Lass sie bleiben", murmelte der Jäger vor sich hin. "Lass sie bleiben", schrie er beim letzten Mal mit seiner kräftigen Stimme auf. Plötzlich schlug er auf den Tisch und erschreckte Ela, die es sich aber nicht anmerken ließ und ihn weiterhin ignorierte. Kallias schaute ihn scharf an und schwieg. "Willst du, dass wir hier alle draufgehen?", schrie er Kallias an, als er auch im Rausch bemerkte, wie sehr er sie verängstigt hatte. Seine Stimme brach. Er schaute die beiden einzeln noch einmal an und verließ wuchtvoll den Raum. Als er draußen war, rauchten sie. Beide.

Anschließend lief Kallias ebenfalls schnell aus der Hütte und suchte nach dem Jäger. Er war direkt neben der Hütte und sammelte Holz. Er schien immer noch so griesgrämig und genervt zu sein wie vorhin. "Jäger", rief Kallias laut, "Jäger", rief er leiser. Erst jetzt schaute er zu Kallias, sammelte aber weiter Holz. "Was ist denn?", fragte er. "Wieso

kann sie denn nicht bleiben?", fragte Kallias.
"Wieso?", fragte er nochmal, wie ein
aufdringliches Kind. "Wir wissen nicht, wo
sie herkommt, wer sie ist, Gott nicht einmal,
wie lange sie bleibt", antwortete der Jäger
und legte das Holz wuchtig ab. Kallias fing
hektisch an, ihm zu helfen. Er hob mehr auf,
als er konnte, und fing an zu grunzen.
"Dieses einfache Mädchen könnte eine
ganze Armee auf uns hetzen", erklärte der
Jäger ihm ruhig. "Dieses Mädchen hat wohl
der Krieg zerstreut", sagte Kallias
bedauernd. "Ich konnte sie gestern Abend
nicht abweisen, sowas liegt mir nicht",
erklärte er dem Jäger. Der Jäger schaute ihn
nicht mehr so genervt an. "Wenn es so weit
kommt, werde ich mich ergeben, ohne
jegliche Verbundenheit zu dir, versprochen",
versprach er ihm und streckte ihm die Hand
aus, als er die letzte Ladung Holz ablegte.
Der Jäger, mit seiner kerzengeraden
Körperhaltung und ernster Miene, erschien
diesmal weicher in seinen Augen und
schüttelte Kallias nachgiebig die Hand. Als
Kallias sah, wie Ela sie an der Tür
beobachtete, lief er schnell zu ihr, um ihr
diese tolle Nachricht zu übermitteln. Dem
Jäger blieb nichts anderes übrig, als warm

zu lächeln, als er die Gutherzigkeit, Lebensfreude und den Mut dieses Jungen beobachtete.

7

Es war Mittag und es herrschte eine angenehme Ruhe und Ordnung im Kloster. Die beiden vertrieben ihre Zeit, indem sie Bücher aus der Klosterbibliothek lasen. Beide hatten schon lange nicht mehr gelesen, doch das war ihre einzige Unterhaltungsmöglichkeit. Sie saßen beide in der Küche und langweilten sich zu Tode, auch hielten sie keine Bücher mehr in der Hand. "Anna", hörten sie plötzlich jemanden rufen. "Anna", rief Sophie wieder aufgeregt und freudig, trat in den Raum und wurde sofort stumm, als sie Alex sah. Sie lief langsam auf Anna zu. "Ich gehe ins Krankenhaus helfen und danach in die Bibliothek, möchtest du mitkommen?", fragte sie. Anna lächelte. "Aber natürlich", antwortete sie. "Wunderbar, zieh dich warm an, es ist kühl draußen", sagte Sophie und verließ den Raum. Alex versicherte ihnen, dass er später vielleicht nachkommen würde, nachdem ihn Anna fürsorglich danach fragte. Draußen beobachtete Anna die Menschen, alle vertieft in Handlungen, so einfach wie das Gehen, und fühlte sich wie Kassandra von Troja. Doch ihr war klar, dass jede ihrer Warnungen mehr schlecht als Gut bewirken würde. Sie hatten keine Kontrolle. Und jedes Mal, als sie glaubten, sie hätten welche, entstanden nur Sorgen. Sorgen so unnötig wie die Warnungen, die Anna nicht aussprach. Bunker, Stadt oder Wald. Sicher waren sie nur, wenn die Bomben sie verfehlten.

Die düsteren Fluren des Krankenhauses boten nur wenig Platz. Sophie lief sofort zum Zimmer der Waisen. Sie kannten sie schon und nannten sie Sophie. Oft gaben die Alten den Geist auf, oft konnten die Kinder kein Verständnis zeigen. Diese brutalen Erinnerungen würden sie ihr ganzes Leben lang begleiten, wenn es hier nicht enden würde. "Schwester", hörten sie jemanden rufen. Anna in ihrem Habit fühlte sich angesprochen und Sophie lief sofort aus dem Zimmer. Sie folgte ihr. Es waren zwei Soldaten, sehr jung und wohl von einfachem Rang. Der eine sehr groß, der andere eher klein. "Schwester, wir brauchen einen Arzt zur Kontrolle der Schusswunde", sagte der kleinere. "Folgt mir", sagte Sophie und brachte sie in das nächste freie Zimmer. Daraufhin holte sie den Arzt und ließ Anna allein mit den beiden. Sie blieb geduldig stehen, während der Soldat sich auf sein Bett setzte. Die beiden kicherten und rauften sich freundschaftlich. Wie zwei Kindheitsfreunde, die sich auf Abenteuersuche an der Front verlaufen haben. Mutig oder dumm, ihren Spaß, den hatten sie.

Recht schnell war Sophie wieder zurückgekehrt. Nach ihr trat auch der Arzt selbstbewusst in den Raum. "Wo kommen sie denn her?", fragte er den Soldaten, währenddem er ihn untersuchte. Der Soldat schaute verwundert. "Aus dem Rheinland", antwortete er. "So, wir kriegen sie wieder gesund, aber unter einer Bedingung", sagte der Arzt und zögerte. "Wenn sie zurück in der Heimat sind, bringen sie mir einen ihrer besten Spätburgunder mit, einverstanden?", schlug ihm der Arzt vor und streckte ihm die linke Hand aus. Der Soldat nickte ihm lächelnd zu und schüttelte ihm die Hand. Der Arzt war ein geschickter. Nicht weil er so gut operierte, sondern dem Soldaten ein gutes Gefühl gab. Vorher benahm er sich etwas verängstigt. All das Gerede über die Infektionen und schmerzhaften Operationen. Nachdem sie auch sie versorgt hatten, beendeten Anna und Sophie ihre Arbeit im Krankenhaus und machten sich auf den Weg zur Bibliothek. Es fuhren ein paar Straßenbahnen. Anna hatte vergessen, dass es die zu dieser Zeit überhaupt gab. "1944 ist doch so lange her", dachte sie sich. "Oder auch nicht", forderte sie ein anderer Gedanke heraus. Alle folgten auf den Straßen ihren Pflichten und keiner trat aus dem Streifen. Nicht einmal die Bettler, die doch von den Ketten der Gesellschaft gelöst sein sollten. Sie beobachtete emotionslose Mienen, mit denen 16-jährige Jungen keinen Unterschied zu erwachsenen Männern darstellten. Manche schienen doch glücklich, manche schleppten sich mit müden Augen nur schwer durch die Straßen. Sie waren so verschieden und auch so gleich. Eine gigantische Mauer von gezwungener Verpflichtung hielt sie in Schach. Und für mutige Flucht musste man besonders mutig sein.

Inzwischen hatte sich auch Alex auf den Weg zur Bibliothek gemacht. Er verschwand fast in seinem langen, schwarzen Mantel, als er auf die Straßen blickte und grübelte. Ihm fehlte die Präsenz seines Bruders, die ihn ermutigte. Und seine Mutter, lebhaft in seinen Erinnerungen, quälte ihn. Er brauchte dringend eine Ablenkung, einen beruhigenden Gedanken. "Entschuldigen sie, junger Mann", hielt ihn eine Dame mittleren Alters auf. Er bemerkte gar nicht, wie sie auf ihn zulief. So verzweifelt irgendwie. Eigentlich wirkte sie gar nicht so alt, aber irgendwie auch schon. Alex hielt an. "Haben sie Neuigkeiten?", fragte sie. "Ich mache mir Sorgen um meinen Sohn", fügte sie hinzu. Alex wusste nicht, was er ihr antworten soll. Sie schaute ihm hoffnungsvoll in die Augen. "An welcher Front ist er denn stationiert?", fragte Alex. "Ich weiß es nicht, vielleicht Ostfront", antwortete sie. "Er ist erst 20", fügte die Frau hinzu und wartete weiter auf eine beruhigende Antwort. "Die Russen rücken immer näher, aber da er so jung ist, wird er wohl an den Fronten in unserer Nähe sein." Die Frau gab ihm einen neugierigen Blick, als ob sie auf mehr wartete. "Ihrem Sohn geht es wahrscheinlich gut, ich denke, er wird es schaffen, heil Heim zukehren", sagte er, um sie zu trösten und zauberte ihr ein kurzes Lächeln in ihre besorgte Gestalt. Dennoch verblieb er unsicher über das Leben dieses Soldaten, dieses Sohnes. Sie verabschiedeten sich und kreuzten Wege. Von Weitem ertönte Musik, die er leicht, aber ganz gut hörte. Straßenmusikanten, die dafür sorgten, dass der Krieg für kurze Momente, kurz nicht mehr existierte. So flüchtete er kurz den Regenwolken seines Verstandes.

Die Bibliothek war ein Meisterwerk des neoklassizistischen Stils. Man glaubte, man sei in einem Palast aus einem Märchen, aber bescheidener, mit einfachem Zugang zu ihm. Ihre großen Fenster ließen genug Licht und Sicht durch, sodass man alles um sich herum weiterhin mit erlebte. Man war in einem Raum, aber man war nicht eingesperrt. Ein gigantisches Kunstwerk

behauste noch mehr Kunst, die vielen
Bücher. Alle Gebäude um sie herum wirkten
automatisch schöner. Manche Gebäude
fielen in ihren Schatten und auch sie waren
wichtig. Man wusste nicht mehr, was Kunst
war und was nicht. Ob die Kunst sich der
Realität fügt, um ihr Ausgang zu sein. Sophie
saß beschäftigt an einem der Tische.
Umhüllt vom Raum, umhüllt vom Habit,
umhüllt in Gedanken, frei in Schrift. Sie
hatte mehrere Bücher auf ihren Tisch
gestapelt, einen Haufen Briefe, ein
Notizheft, einen Stift. Anna wanderte
neugierig an den Regalen vorbei. Sie sah
tausende von Büchern, tausende von
Einflüssen, tausende von Gedanken,
tausende von Menschen. Lebendig, tot oder
außerhalb unserer Erkenntnis. Sie hatte nur
wenig zu sagen und kontemplierte umso
mehr über das, was sie nicht verstehen
konnte. War es vielleicht diese erhobene
Atmosphäre der Bibliothek, die in ihr
plötzlich dieserlei Gedanken anregte. Sie
stolperte über ein Buch, auf dem sie ein ihr
bekanntes Wort las. Solche Bücher waren
leicht übersehbar. Viele kurze Gedichte, ein
leichtes, dünnes Buch. Heinrich Falk war der
Name des Autors, ihres Großvaters. Schnell

schlug sie es auf und durchfächerte es wie wild, in der Hoffnung, auf sein bestes Werk zu stoßen. Sie kehrte danach zur ersten Seite zurück und las eines seiner Gedichte:
Oh, gewiss, ich erinn're mich

An all das Leid, das ich gebracht,

An jenen Tag, als sie zerbrach,

Als Tränen fielen – ihretwegen.

Ich war der grausamste Mensch auf Erden.

Einst schloss ich Freundschaft mit dem Tod,

Als sie einst einen Mann erschlugen und lachten.

Ich vermisste sie.

Und wünschte, ihr Weinen wär das Schlimmste geblieben.

Es war so kurz und fühlte sich so lange an. Anna las das Gedicht ihres Großvaters nicht nur, sie lebte es. Sie verstand es. Plötzlich fühlte sie eine Hand an ihrer Schulter. Alex war angekommen. Sie freute sich darüber und wollte ihn gleich umarmen, doch bemerkte, dass sie immer noch ihre Notkleidung anhatte. "Was liest du da?", fragte Alex flüsternd. Anna zeigte auf den Namen ihres Großvaters. "Wirklich", platzte es aus Alex viel zu laut heraus. "Ja, wirklich", antwortete sie und sie setzten sich beide zu Sophie. Jetzt als auch vor ihnen, saß niemand anderes als Sophie an dem langen Tisch. Alex lief wieder zurück zu den Regalen und holte sich ein Buch heraus, das schon zuvor sein Interesse weckte, er aber zögerte, es herauszuholen. Wieder war es ein dünnes Buch mit dem Titel "Unser Glaube ans Neue". In der Zwischenzeit war Anna schon wieder rücksichtslos in ihr Buch vertieft und blendete alles andere aus. Auch die kurzen leisen Gespräche unter den abgelenkten Lesern. Sie fingen an zu lesen, zu denken, mit jeder Faser ihres Seins. Er teilte das Buch durch die Mitte und erhoffte sich somit, an den interessantesten Teil zu kommen. Der Autor stellte eine These auf. "Würden sie weiterleben wollen, wenn Ihnen plötzlich Ablauf und Ausgang Ihres Lebens detailliert geschildert werden und sie, als Sie leben, nichts daran ändern könnten?" Es antwortete eine Person mit

"Ja". "Wieso?", fragte der Autor. Die Person, zu der er als alte Dame referierte, antwortete mit: "Weil ich darauf hoffen würde, dass es doch nicht so sein wird." Zuerst verstand er nicht ganz und plötzlich fielen ihm tausend Sachen dazu ein.

Als die Sonne weiter den Raum erhellte und weiter die Stimmung erhob, schrieb Sophie ein paar Briefe. "An wen schreibst du die alle?", fragte Anna sie. Sophie hob den Kopf und antwortete "An die Schriftsteller." Anna machte große Augen und fragte dann nach einem für sie selbst. In diesem Brief drückte Anna all ihre Bewunderung und Liebe für den Autor, ihren Großvater aus, als anonymer Leser. Als sie wieder auf Sandstein und Kopfstein traten, und die Stimmen der Menschen wieder einen Chorus von Chaos bildeten, hatten sie ihn wieder verlassen, den Ausgang. Alex lief ihnen voraus und auf dem Weg warfen sie auch noch ihre Briefe ein.

8

Zu Nachmittag befanden sie sich alle wieder
im Kloster. Anna beobachtete im leeren
Kloster, als sie Sophie bei ihren alltäglichen
Aufgaben half, wie Alex durch die Tür lief.
Sie lief schnell zur Tür und öffnete sie sofort
wieder. Sie sah, wie Alex eine Zigarette
rauchte und gelassen zu ihr schaute. "Du
hast noch nie geraucht", sagte sie
enttäuscht. "Ich weiß", sagte er und schaute
kurz von ihr weg. "Warum?", fragte sie und
schaute ihn an, wie eine erschütterte
Mutter, die ihrem sündenen Kind zuschaut.
"Es ist die erste und letzte", versicherte er
ihr. "Versprochen", fügte er hinzu, als er ihr
misstrauisches Gesicht ansah und nahm
noch einen Zug. Daraufhin verließ sie die
Situation leise und schnell, als wollte sie ihm
klarmachen, dass das nie geschehen sein
soll. Anna schaute auf ihre Hände und
erinnerte sich plötzlich wieder an den Ring.
Sie lief schnell die Treppen hoch zu Sophie
und traf sie in der Zelle von Schwester
Elisabeth. Sie schämte sich zwar für das, was
sie gleich tun würde, und dennoch tat sie
es. "Sophie", rief sie dramatisch. "Sophie,
ich brauche deine Hilfe", sagte sie. Jetzt

hatte sie ihre volle Aufmerksamkeit gewonnen. "Sophie, ich brauche den Schlüssel", sagte sie ihr. "Welchen Schlüssel?", fragte Sophie verwirrt. "Für die Büchse", sagte Anna immer noch hektisch und erschöpft. Sophie verlor ihr Lächeln. "Ich erzähle dir später, wieso, versprochen", sagte Anna verzweifelt, um ihre Zustimmung zu bekommen. Sophie griff in eine der Schubladen und hielt jetzt einen Schlüssel in der Hand, klemmte ihn jedoch fest in ihrer Hand. "Was wirst du mit ihm tun?", fragte sie Anna nochmal. "Du musst mir vertrauen, Sophie, ich erzähle es dir später", sagte Anna und heulte fast. Sophie schaute sie mit traurigem Blick an und lockerte ihren Griff. Anna nahm den Schlüssel und lief hastig wieder die Treppen runter, um ihre entzündete Hand zu verbrennen.

Alex warf seine Zigarette, die er geizig fast bis zum Stiel fertig geraucht hatte, auf den Boden und bemerkte, wie sich die große Klostertüre wieder ruckartig schnell öffnete. Wieder war Anna hinter ihr. "Ich hab ihn, ich hab ihn", rief sie aufgeregt und viel zu laut. Alex beruhigte sie. "Ich hab ihn", wiederholte sie leise und öffnete ihre Hand, um ihm den Ring zu zeigen. Bei dem Anblick wusste er, dass er eine höhere Summe dafür erlangen würde, als sie brauchten. Alex nahm den Ring zu sich und rannte schon fast fort, weit weg vom Kloster, in der Hoffnung, nie wieder zu ihm zurückzukehren.

Alex befand sich nun wieder im Herzen der Stadt, etwas weiter vom Altmarkt, auf der Suche nach einem Käufer, auf der Suche nach einem Schnäppchen, auf der Suche nach einer Löse. Auf den Straßen, auf denen er einst wie ein verirrtes Kind lief, ging er nun besser als die Eltern, die es verloren haben. So sah er einen Laden von weitem, mit funkelnden Schätzen an den Schaufenstern und hatte seinen Juwelier neben einem einfachen Hutgeschäft und noch weiteren reichlich verzierten Gebäuden gefunden. Vor ihm trat ein Mann ein, mit gepflegtem Bart und feiner Kleidung. Er folgte ihm und hörte dann ganz laut die alte Begrüßung, die er ihm dann leise nachsagte. Vor ihnen standen noch zwei weitere Männer, und er stellte sich in die Reihe. Die Tür öffnete sich plötzlich wieder und es traten vier muntere Frauen in den Laden. Sie wurden leiser, als sie weiter in den Laden eintraten und stellten sich hinter Alex an. An der Theke stand eine ältere Frau. Sie sprach in gedämpftem Ton und veredelte somit die Atmosphäre. Aber auch hatte sie etwas Raues, rücksichtsloses an sich. Als sie mit einem Kunden fertig geworden war, schaute sie rüber zu den Mädchen. "Mädchen, Mädchen, wenn ihr den Herrn so anstarrt, wird er noch rot wie ein Rubin", sagte die Juwelierin auf schalkhafte Art. Alex schaute kurz rüber zu ihnen und musste lächeln. Plötzlich kam ein weiterer Mann durch die Tür eingelaufen. Seine Schritte leise, kurz, aber nicht schneller als seine Pupillen, die keinen Halt fanden und alles gleichzeitig beobachteten. Er war ähnlich gekleidet wie Alex, trug aber einen Hut und seine Haltung schien so, als würde er am liebsten in sich selbst verschwinden. Und nun war auch der letzte Kunde fertig geworden. Die Juwelierin nahm ihn freundlich an. "Ich möchte diesen Ring verkaufen", erklärte Alex. Die Juwelierin sah sich den Ring an, machte sofort große Augen und brachte Alex zum Lächeln. Danach untersuchte sie ihn sorgfältig und wiegte ihn. "Der Saphir", sagte sie, als würde sie sich folglich beklagen. "Er ist gut, aber nicht herausragend", sagte sie. Sie schaute Alex in die Augen und sagte direkt "300 Mark, das ist ein gerechter Preis angesichts der Umstände". "Sie können in zwei Tagen zurückkommen, bis dahin habe ich das Geld bereit", versicherte sie ihm. Alex zögerte. "Könnte das auch schneller gehen?", fragte er aufdringlich, aber dennoch in freundlichem Ton nach. Sie schüttelte ihm bedauernd den Kopf, Alex verabschiedete sich und lief aus dem Juwelier. Kurz nachdem er durch die Tür trat, öffnete sich auf einmal wieder die Tür. "Sie", rief der Fremde mit dem Hut. "Ja, sie", sagte er, als Alex ihn verwundert ansah. "Ja, bitte", nahm ihn Alex höflich an. "Wenn sie denn den Ring schnell loswerden möchten, treffen sie mich heute Abend um sechs hier", sagte der Fremde. "Es wird ein fairer Preis, mehr als ihnen hier versprochen wurde", fügte er hinzu und wartete auf nur ein Nicken von Alex. Als er es bekam, lief er wieder zurück in den Juwelier.

Nach nur wenigen Schritten hörte Alex ein Stampfen, dann zwei, dann hunderte. Als der tiefe Klang einer Marschmusik sie begleitete und er den ersten Soldaten erblickte, fügte er sich den Zivilisten und lief wieder zu seinem Bestimmungsort. Und als der Marsch bald fast nicht mehr zu hören war, ertönten die Glocken zum Nachmittagsgeläut, und er würde in das Kloster, das er seelisch schon verließ, seinen entwurzelten Körper reinschleppen.

Anna hatte wieder ihre Alltagsklamotten an, auch sie hatte das Kloster schon verlassen. Sie trafen sich wieder in der Küche. "Und?", fragte sie in der Hoffnung auf Neuigkeiten. "Der Juwelier hat mir 300 für den Ring geboten", sagte er. "Und?", fragte sie verwundert. "Sie würde es mir erst nach zwei Tagen geben", erklärte er ihr. "Und?", fragte sie plötzlich gereizt. "Ein fremder Mann hat mir versprochen, mehr zu zahlen", sagte er zurückhaltend. "Was für ein Mann?", fragte sie immer noch gereizt. "Warum bist du nicht einfach zum nächsten Laden gelaufen?", fragte sie ihn empört. Das fiel ihm erst jetzt auf. Sie hatte recht. Er wollte den Ring nicht verkaufen, er wollte ihn loswerden, egal wie. "Darüber habe ich nicht nachgedacht", sagte Alex. "Worüber

denkst du überhaupt noch nach?", fragte sie
ihn plötzlich laut. "Zuerst quälst du die
Menschen mit Rauch und jetzt willst du sie
weiter verarmen", sagte sie und schaute ihn
mit scharfem Blick und großen Augen an
und stach ihn damit in seine Seele, sodass
er beschämt auf den Boden schauen
musste. "Solche Dinge hast du noch nie
getan", schrie sie fast. "Versprich mir, dass
du es nicht tun wirst, Alex", forderte sie nun
und setzte sich ihm entgegen an den Tisch,
wie als würden sie verhandeln. "Wenn du
mich liebst, oder nicht all deine
Menschlichkeit verloren hast, Alex", sagte
sie ruhiger, leiser, trauriger. Alex hielt sie an
ihren Händen und setzte seinen *(1)
Mannstrotz* ein.

**(1): Primitives „Männerverhalten" meist
aus Zwang vorweisen und der Moral
trotzen.**

"Versprochen", sagte er und log sie
womöglich an, was dasselbe war wie ihr ins
Gesicht zu schlagen.

Nur eine Stunde später verließ er das Kloster. Zu dieser Zeit war es schon dunkel geworden und viele Menschen befanden sich in der Kirche, Zuhause, ihrem Rückgrat. Ihm war ganz schlecht, als er lief, aber er lief. Die Läden bereiteten sich auf den Schluss vor. Und es waren noch relativ viele Menschen auf den nassen und kalten Straßen zu sehen. Nass und kalt. So stellte er sich seine Tränen vor, sein Körper unfähig dazu, Wärme zu produzieren. Plötzlich sah er ihn und erkannte ihn schon von Weitem. Den Teufel mit himmlischen Versprechen. Es wurde still, zumindest für Alex kurz bevor er die junge und kratzige Stimme des Teufels hörte. "Schön, dass du gekommen bist, mein Freund", begrüßte er Alex freundlich und streckte ihm die Hand aus. "Ganz meinerseits", erwiderte Alex und war somit bereit, wiedermal nichts in Erwägung zu ziehen. Alex zeigte ihm den Ring und der Fremde zückte einen dünnen Stapel Scheine aus seiner Tasche. Daraufhin händigte er sie Alex aus, als würde er sie ihm schenken, und nahm erst dann den Ring zu sich. "Wenn du noch mehr brauchst, oder vielleicht einen Kredit, findest du mich hier", sagte der Fremde und erschien Alex wie ein langjähriger Freund. Man sah nur sein bleiches, markantes Gesicht und seine hellblauen Augen. Alles andere war versteckt unter dunkler Farbe. So standen sie beide, inmitten einer schlecht beleuchteten leeren Straßenkreuzung, immer noch nass und kalt. Sie gaben sich die Hand und liefen getrennte Wege. Beide in jeweils eine Richtung und doch in dieselbe. Plötzlich ertönte die strenge Stimme eines Mannes. "Halt!", "Sie!", und dann das Klacken der Schuhe eines rennenden.

9

Der Jäger war noch nicht zurückgekehrt, und Kallias lag nun mit Ela auf dem kleinen Hüttensofa, wo sie nun schlief. Kallias war wach, rauchte wieder am geschlossenen Fenster, bewegte sich aber kein Stück, um sie nicht zu wecken. Es klopfte plötzlich wieder am Fenster. Kallias erschrak und weckte Ela mit einer plötzlichen Bewegung.

Es klopfte wieder, und als Kallias seinen Körper langsam hob, um nachzusehen, wer es war, zog ihn Ela schnell wieder runter und in dieser Position verblieben sie. Sie schaute ihn verängstigt an. Er hätte sich nie gedacht, dass er jemals einen solchen Gesichtsausdruck an ihr beobachten würde. "Jemand da?", fragte die raue Stimme eines Mannes von draußen. Sie schwiegen. Kallias wusste nicht, was er tun soll, deshalb folgte er Ela. Das war ihre Welt. Ein Mensch in Not, ein Mann, ein Kind oder eine Frau. Ein Feind ... oder ein Freund. Sie wagten nicht, es herauszufinden. Sie hörten seine Schritte, wie sie immer leiser wurden und mit der Zeit verschwanden. Sie hörten nur noch den Wind, der sie beleidigte, das knisternde Feuer, das sie bestrafen mochte, und ihren Atem, der ihnen dankbar war. So verblieben sie still und warteten auf den Jäger.

Er erzählte Anna nichts vom Geld, als er wieder im Kloster war. Und immer, wenn sie danach fragte, warum er rausgegangen sei. Begründete er mit Langeweile, Frust oder einer anderen Lüge, wenn eine nicht ausreichte. Beim Nachtgebet kamen ihm diesmal fast die Tränen. In all seiner Frust folgte er dem Gesang so unnachgiebig, dass er sich in ihm verlor und selbst zu einer traurigen Erzählung wurde. Sie beendeten ihre Routine und liefen wieder zu ihren Zellen. Anna wartete vor Aufregung mit geschlossenen Augen auf den Morgen. Alex schlief wie ein Stein.

Am Morgen befanden sie sich wieder am Frühstückstisch. Sobald Alex fertig war, stand er auf und lief zur großen Klostertür. Anna fragte gar nicht danach, wohin er ging, sie wusste ja, dass er den Ring verkaufen wollte. Alex spazierte ziellos durch die Gegend, begleitet von der Morgensonne, aber nicht von guter Laune. Er rauchte und grübelte, rauchte und grübele, rauchte und grübelte und lief wieder zurück zum Kloster. Er klopfte an der Klostertür und kurz bevor sie sich vollständig öffnete, hörte er wieder dasselbe "Halt", das er auch in der Nacht mit dem Teufel hörte. Alex fiel in Schockstarre, Anna öffnete die Tür und fiel mit ihm. Er hörte die Schritte, der dicken Stiefel hinter ihm, drehte sich aber nicht um. Plötzlich sah er hinter Anna die Schwester Elisabeth auf sie zukommen. "Kamerad", sprach er Alex an. "Ja, bitte", antwortete Schwester Elisabeth für ihn. Der Beamte war nun ebenfalls unter Schock. "Ich spreche zu dem jungen Mann, Schwester, nicht zu ihnen", sagte der Beamte. "Dann sprechen sie auch zu mir, denn er gehört zu mir", sagte Schwester Elisabeth. "Passen sie gut auf, ich muss Ihre Papiere sehen, bevor sie weitergehen", erklärte der Beamte und versuchte immer noch Schwester Elisabeth zu ignorieren. Alex schaute jetzt zu ihm, schwieg aber und rührte kein Glied. "Verstehen sie nicht falsch, mein Herr, der ist unter meinem Schutz und vertrauenswürdig", sagte Schwester Elisabeth und zögerte kurz, um zu schauen, ob sie die Aufmerksamkeit des Beamten gewonnen hatte. Der Beamte schaute sie aufmerksam an und schaute dann auch kurz zu Anna, die ebenfalls schwieg. Dann lächelte sie diplomatisch und sagte, "Ich versichere Ihnen, dass sie keine Gefahr darstellen. Es wäre unangebracht, in diesem Heiligtum des Friedens nach Passdokumenten zu fragen." Der Beamte zögerte. "Das mag sein, aber ohne Papiere kann ich sie nicht einfach durchlassen, die Vorschriften sind eindeutig", sagte der Beamte. Für einen Moment schauten sich

der Beamte und Schwester Elisabeth
zögerlich an. "Na gut, ich lasse sie durch.
Aber ich hoffe, sie verstehen, dass ich nun
verantwortlich bin", gab der Beamte nach.
"Selbstverständlich, mein Herr, wir danken
ihnen für ihr Verständnis", bedankte sich
Schwester Elisabeth und der Beamte lief
fort. Schwester Elisabeth brachte die beiden
wieder ins Kloster.

"Wir müssen los", sagte Alex sofort, kurz
nachdem sie sich bei ihr bedankten und
noch immer vor der Tür standen. Er
bemerkte jedoch, wie unhöflich er sich
benahm, und auch Anna schaute ihn
fragend an. Auf einmal fiel er auf die Knie
und legte die Hand von Schwester Elisabeth
an seine Stirn. "Danke, danke für alles",
sagte er. Die Schwester zog ihre Hand zurück
und hob Alex sanft auf. "Deine Hingabe
gehört Gott allein, nicht mir. Ich bin nur eine
Dienerin des Herrn, wie auch du", sagte sie
ihm demütig. Er konnte seine Tränen nicht
zurückhalten. Plötzlich lief Sophie die
Treppen runter und als sie bemerkte, dass
dies wohl das letzte Mal sei, dass sie Anna
sehen konnte, lief sie schnell zu ihr und
endete in einer festen Umarmung. Anna

hätte es nicht von ihr selbst erwartet und auch ihr kamen die Tränen. "Schreib mir", sagte Sophie. Die anderen Nonnen, beobachteten, wie diese Menschen ihr Heim verließen. Und sie liefen ohne einen letzten Blick, den die Tür ihnen nicht zuließ, in die Heimatlosigkeit.

Sie schämten sich dafür, dass sie die Schwester beklauten. Auf dem Weg holten sie sich noch Essen und Getränk, wobei der Verkäufer große Augen machte, als sie mit wertvollen Scheinen für eine Brezel zahlten. Als sie sich dann wieder in der gläsernen Bahnhofshalle befanden, schien die Morgensonne durch das Glas und erzeugte wunderschöne spielerische Farben. Ein paar Strahlen zielten Alex prall direkt ins Auge, und er blinzelte. Schloss sie nicht. Es war zu schön um es zu verlassen. Letztlich schloss er doch die Augen und in dem Moment ertönte das quietschende Bremsen eines Zuges. Er erschrak, erschrak und stieg dann vorsichtig ein. Sie kehrten schweigend zurück, zurück, aber nicht nachhause.

Nach einer kurzen Zugfahrt folgten sie der Wegbeschreibung des Soldaten und sahen nun die Hütte von Weitem. Sie klopften an der Türe und warteten. Nicht lange, und der Jäger öffnete sie. "Was wollen sie?", fragte er griesgrämig. "Wir wollen Kallias abholen", antwortete Alex. Der Jäger öffnete nun vollständig die Tür und als sie Kallias lächelnd zusammen mit einer Frau sahen, waren sie völlig verwirrt. Warum waren diese Leute so nett und zugleich auch so böse? Das Kloster schütze sie. Die Hütte auch. Das Kloster nährte sie. Die Hütte auch. Der einzige Unterschied zwischen dem Kloster und der Hütte lag in dem, was sie anstrebten. Kallias schaute den Jäger zuerst an. So als würde er ihn nach seiner Erlaubnis fragen und bat dann die beiden herein. Sie saßen am Küchentisch, tranken Tee und unterhielten sich darüber, was sie nun machen würden. Der Jäger empfahl ihnen einiges und gab Kallias eine Mütze mit. Nach Alex standen sie alle auf und liefen zur Tür. Kallias streckte dem Jäger die Hand aus. Der Jäger fing zum ersten Mal an zu lächeln und das spöttisch. "Komm her", sagte er und drückte Kallias fest. "Schreib mir auf Italienisch", sagte der Jäger zu ihm. Alex lief nun auf ihn zu und hielt ihm 300 Mark vor. "So viel hab ich nicht nötig", sagte der Jäger und nahm nur 200 an. Sie liefen

alle einzeln durch die kleine Tür. Erst Alex,
dann Anna, und dann erst Kallias und Ela,
die den Jäger ein letztes Mal fest umarmten
und mit letzten Blicken, ebenfalls hinter der
Tür verschwanden.

Sobald die Nonne flucht!

So-zu Zeiten als sie keine war..

Als sie aufhört nicht für Habit.

Als sie erkannt sie sei sicher,

obwohl nicht im Kloster.

Als sie erkannt er sei in Gefahr,

obwohl nicht gefangen.

Dass er fiel zu Knien, auch ohne Glauben,

sicher ohne Zwang …